LA LIGNE
DE FLOTTAISON

Fiction & Cie

Jean Hatzfeld

LA LIGNE
DE FLOTTAISON

roman

Seuil

27, rue Jacob, Paris VIe

COLLECTION
« *Fiction & Cie* »
fondée par Denis Roche
dirigée par Bernard Comment

ISBN 2-02-082756-5

www.seuil.com

1

Bientôt, les couleurs vert pomme et rouge vif de son sac se détacheraient sur le tapis roulant – d'où l'indéfectible attachement de Frédéric pour ce bagage en plastique un peu minable, maculé de cambouis dans des soutes, acheté à la va-vite dans un bazar de Saïda, au Sud-Liban. Frédéric s'assit donc sur un chariot, en retrait de la cohue, et se mit à étudier la physionomie des passagers de l'aube, jouant par habitude à les coupler aux villes dont les noms s'affichaient sur le panneau électronique des arrivées. Ceux levés le matin même, dans des costumes impeccables, maquillés ou rasés de frais, déjà concentrés pour un rendez-vous de travail; ou les passagers en sweat-shirt, cheveux poussiéreux, un madras noué autour du cou, bâillant sans cesse car ils avaient passé la nuit recroquevillés sur leur siège, revenant d'un safari-photo, un instrument de musique sous le bras; ceux qui exhibaient une casquette des Spurs, écouteurs dans les oreilles; ou des familles moins placides, parfois fébriles et bruyantes, qui avaient quitté, avec enfants et paquetages en jute, leurs masures d'un quartier de Bamako ou de Shanghai...

La sonorité oubliée d'une conversation de téléphone portable interrompit son observation somnolente. «Oui, c'est moi, je suis à Roissy, on a du retard comme chaque fois... Tu es passé à la mairie? D'accord, d'accord, pas grave, tu m'expliqueras...» Frédéric soupira. Son sac apparut à cet instant.

Une brume froide saisit Frédéric derrière la porte coulissante de l'aéroport. Il s'énerva dans la file d'attente des taxis, puis se détendit en s'enfonçant dans le siège du véhicule, qui s'élança bientôt dans le flot des voitures. Des haies de bosquets taillés bordaient les rambardes de l'autoroute du Nord, sur lesquelles travaillaient des équipes de techniciens revêtus de chasubles phosphorescentes orange. Au-delà s'étendaient des labours pas encore verdis mais soigneusement striés. Il se surprit à observer la droiture des pylônes, intacts, qui filaient vers le lointain.

«Vous venez d'où?» lui demanda le chauffeur, un œil dans le rétroviseur. Frédéric n'eut pas le réflexe de mentir comme il le faisait d'habitude; il bougonna une réponse décourageante, mais sa mauvaise humeur s'évanouit lorsqu'il s'aperçut que l'homme au volant était asiatique.

« Et vous, vous venez de quel pays ?

– Timor.

– Ah bon ? Vous en êtes peut-être parti en 1999 ?

– Vous êtes vraiment bien au courant. Vous avez visité Timor ?

– À cette époque, justement... On aurait pu se croiser.

– Oh, moi, ça faisait très longtemps que je ne sortais plus en plein jour. »

Ils partirent d'un même rire. Frédéric se mit à le faire parler de sa fuite à travers les rizières, des chasses nocturnes dans les forêts de tecks, de l'ascension du volcan frontalier. Puis de son embarquement sur un quai de Tutuala à bord d'un bateau de contrebandiers vers Nouméa, de son arrivée clandestine au Havre – Frédéric insistait, trop content d'éviter les sempiternelles rouspétances des chauffeurs qui, d'ordinaire, lui gâchaient ce trajet de l'aéroport.

« Et vous y êtes retourné ?

– Jamais !

– Plus de famille ?

– Plus de famille, plus de collègues, plus de maison, plus rien à faire là-bas.

– Tout de même, avec le recul du temps...

– Pourquoi chercher à savoir ce qu'on sait très bien ?

– Vous avez peur de reconnaître les tueurs ?
– Non. On n'a plus peur d'eux maintenant. Mais, moi, j'aurais peur d'en croiser sur le trottoir, et de me demander s'ils sont des êtres humains.
– Mais ils le sont, c'est bien ça...
– Je veux dire, s'ils sont de la même espèce que moi. C'est une question très mauvaise pour le sommeil. Déjà qu'on ne dort pas beaucoup dans le taxi. »

Les embouteillages de la porte de la Chapelle les immobilisèrent un long moment. À droite, à gauche, pour lutter contre l'endormissement, Frédéric observait les panneaux publicitaires apparemment inchangés depuis la dernière fois. Emese devait déjà être à son bureau. Il l'imagina en jeans et bottines anglaises, puis dans ce tailleur Chanel pied-de-poule qui les amusait tant. Malgré sa timidité et son peu d'attention pour sa garde-robe, elle variait les styles vestimentaires avec une désinvolture déconcertante. Il aurait pu la prévenir deux jours plus tôt de son retour, en utilisant la messagerie d'une organisation humanitaire, mais il y avait renoncé. Trop de choses à dire, et trop longues à expliquer par un e-mail.

Il fit arrêter le taxi au bout de la rue Pascal.
«Alors, bonne chance, dit-il en ouvrant la portière.

– À vous aussi. M'avez l'air d'en avoir besoin, peut-être plus que moi», répondit en souriant le chauffeur.

Frédéric entra dans une parfumerie pour en sortir avec un flacon de vétiver qu'il débarrassa de son papier d'emballage. Il en rapportait à Emese de tous les aéroports étrangers d'où il revenait. Au kiosque de la rue Mouffetard, il s'empressa d'acheter une pile de journaux – *Libération, L'Équipe, Moto Journal, Le Point, Le Monde* de la veille.

En bas de l'immeuble, il hésita sur les chiffres du digicode. Dans l'entrée de l'appartement, il huma l'air plusieurs fois. Il regarda les murs blancs. Rien ne le surprit, sinon qu'un tableau, beau quoique un peu macabre, déniché chez un antiquaire de Goražde pendant le siège de la ville, avait été remplacé par une aquarelle méditerranéenne dans les tons jaune ensoleillé. La porte-fenêtre du salon était entrebâillée, le manteau de velours satiné noir reposait sur le bras du canapé; des marguerites dans le vase chinois, une revue hongroise près d'un coussin, la théière et la tasse sur la table, des disques éparpillés sur le parquet.

Frédéric en venait à regretter de ne pas avoir averti Emese, quand des miaulements parvinrent de la chambre, et une chatte tigrée roux et blanc apparut et vint se frotter furtivement contre ses jambes, comme s'il s'était simplement absenté une heure au bistrot.

«Bonjour, minette! Mais dis donc, tu n'aurais pas grossi?»

Emese avait recueilli cette chatte dans leur rue, une nuit, en rentrant du cinéma. Ou plutôt la chatte s'était approprié Emese en s'agrippant à ses jambes avec une ténacité si brusque et si étonnante, à croire que ce mollet était sa dernière chance, qu'Emese la souleva, la déposa dans son cabas et la monta chez elle. Depuis ce fameux soir, la chatte refusait de mettre le museau dehors, sinon l'été, à pas circonspects, sur la partie ensoleillée du balcon.

Dans la salle de bains, le premier réflexe de Frédéric fut de chercher des lames neuves, une bombe de mousse, et de se raser à l'eau brûlante. Il ouvrit son sac, y saisit un ballot de linge sale dont il emplit le panier, puis le lança dans le couloir, remettant les rangements à plus tard. Il repéra la pile de son courrier, à sa place, sur un napperon de l'étagère, et commença à jeter un œil dessus, un peu au hasard, pour bientôt reposer le tout sans rien ouvrir.

Il fut tenté de se pelotonner au chaud sous la couette et de s'assoupir avec la minette, mais il appréhendait que sa gueule de bois n'empire. Pour fêter son départ, lui et ses amis avaient beaucoup bu, de la bière, de la gnôle de prune, de tout ce qu'il restait. Il trouva plus judicieux d'aller transpirer l'alcool, la fatigue et la saleté. Du bas de la penderie, il extirpa un survêtement, enfila par-dessus un K-way et descendit l'escalier quatre à quatre.

À l'entrée du Jardin des Plantes, Frédéric laissa s'éloigner un couple de joggers aux foulées trop disgracieuses et s'élança entre les rangées de platanes. Le dénuement des branches accentuait la rudesse du parc. Il aimait y courir en hiver, et plus particulièrement le premier matin d'un retour. C'était peut-être la seule habitude qui lui manquait là-bas. D'autant plus que, selon un phénomène bien connu des entraîneurs sportifs, qui repèrent ainsi les tricheurs, le premier footing après une longue inactivité physique est toujours très fluide, grâce à l'influx nerveux accumulé. Frédéric enchaîna plusieurs tours et grimpa à fond la butte menant à un belvédère en faux marbre. Il appréciait la sensation de dégoulinement qui l'aidait à évacuer les soucis.

Pendant deux jours, il avait conduit une Niva toutterrain à travers des cols enneigés, entre les parois de roches noires et verglacées du massif du Khakhalgi, pour rejoindre l'aéroport de Tbilissi ; dans la nuit, en compagnie d'une journaliste vénitienne et de son équipe de télévision, de trois prêtres orthodoxes, de bidasses russes et d'une famille géorgienne, il avait embarqué entre des sacs de farine dans la carlingue d'un Iliouchine, pour attraper à Varsovie le vol régulier de Paris. Pendant ce périple, il n'avait cessé de formuler ce qu'il voulait déclarer à Emese. Il se mit à récapituler une nouvelle fois. C'était simple à dire, et cependant il ne pouvait s'empêcher d'en répéter les phrases.

À l'abri du belvédère, une bande de lycéens fumait un pétard ; il redescendit la butte et s'allongea dans un bosquet de chênes pour étirer méticuleusement les muscles du cou, du dos, des jambes. En même temps, des images d'Emese se succédaient dans sa tête, toutes de tendresse. Il repartit en courant, jusqu'à épuisement.

Il était encore trop tôt pour rentrer à l'appartement et il se dirigea vers le zoo du jardin. Il savait les fauves rentrés dans leurs cages en cette saison ; il prit à droite vers l'enclos des loups, près du quai Saint-Bernard. Voilà, il n'irait plus à la guerre, pas même une exception pour un dépannage urgent. Cette fois aurait été la dernière. Il ne l'avait jamais envisagé jusqu'à ces jours-ci, mais c'était bien ça. Le dernier séjour s'était plutôt bien passé, aucun pépin particulier. Il ne craignait pas le voyage de trop, ou une peur rétrospective comme certains ont pu la vivre au lendemain d'une blessure ou d'un enlèvement. Au contraire, à plusieurs reprises, la chance l'avait épaulé et il se sentait serein. Il avait vécu des jours qu'il savait inoubliables et précisément c'était formidable d'arrêter ainsi. Emese le croirait. Il n'éprouverait ni regret ni frustration. Il souhaitait passer à autre chose. Maintenant, sa vie était avec elle.

Dans leur coin du zoo, à l'approche de l'heure du repas, les loups longeaient les grilles d'un pas régulier à donner le tournis. Ils exerçaient sur Frédéric une fascination commune à beaucoup de gens, mais lui ressentait une familiarité avec eux. Simplement parce qu'il en avait entendu dans les montagnes kurdes qui séparent l'Irak et l'Iran ; dans les forêts de Jahorina en Bosnie-Herzégovine, où, en compagnie d'Antoine, son copain du *Monde*, il en avait même vu à travers la fenêtre, rôder dans la neige autour du chalet. Il avait aussi entendu des hurlements de meutes le long de la rivière de Kaboul enfouie sous les glaces d'hiver, et des jappements plus aigus de chacals-loups à chabraque mêlés aux criaillements des oiseaux, dans la jungle du Mata Bia, au Timor. Et bien sûr il avait aperçu plusieurs fois de ces loups gris au cou épaissi d'une étole de fourrure, en Tchétchénie.

Il remarqua l'arrivée d'un nouveau pensionnaire, blanchâtre, trapu, aux pattes larges, et fit signe à tous les autres. Dès que survint l'habituel malaise à les voir tourner ainsi le regardant de biais, il s'éloigna pour passer en vitesse chez les débonnaires hippopotames.

De la musique résonnait sur le palier, un concerto de Mozart interprété par Yehudi Menuhin, leur favori. Emese était rentrée. Il respira à fond, appuya deux coups rapides sur la sonnette, laissa passer les quelques secondes d'usage et ouvrit la porte. Assise à côté d'un homme au visage affublé de lunettes en écaille, avec qui elle devait travailler un manuscrit, Emese tourna la tête. Son sourire le ravit comme chaque fois. «Ça va?» Le léger accent de sa voix aussi le chamboula. Elle ne lui demanda pas: «Tiens, tu es revenu?», ni «Ça s'est bien passé?», ni «Tu es trempé...», mais elle dit, en rougissant légèrement: «Tu veux du thé ou tu prends d'abord une douche? Je te présente Fabien.»

La chatte sauta de son canapé. L'homme se leva et tendit la main à Frédéric: «On travaillait sur mon bouquin, mais rien qui urge.» Et tournant son regard vers Emese: «Je reviendrai, je t'appellerai...

— Non, non, ne vous dérangez pas pour moi. Un bouquin sur quoi? demanda Frédéric.

— L'Écosse des Pictes et des Scots.

— Ah, par rapport à Macbeth...?

— Avant et après, l'Écosse médiévale, la guerre des Highlands et ses mythologies. Cette époque vous aurait plu.»

Faisant un petit signe de main à Emese, Frédéric disparut dans la salle de bains où on l'entendit bientôt barboter dans la baignoire. Il aurait pu être irrité par la présence de ce client dont elle lui avait souvent parlé, un architecte dont la passion était d'écrire sur l'Écosse. Mais, dans le fond, ces retrouvailles anodines l'arrangeaient et lui permettaient de gagner du temps, car il était déjà inquiet de tout ce qu'il avait projeté de dire.

Les cheveux d'Emese, blonds et lisses, s'étaient beaucoup allongés. Elle les secoua d'un brusque mouvement de tête pour confirmer l'observation de Frédéric. Cette chevelure l'embellissait.

Ils étaient attablés au Baratin, un bar à vins d'une rue pentue de Belleville. C'était l'endroit de leur premier tête-à-tête. Ils en aimaient l'atmosphère familiale, les tables rapprochées au coude à coude, la verve du patron, empressé à vous faire goûter ses dernières découvertes viticoles d'arrière-pays, la gentillesse de la patronne, inestimable cordon-bleu.

Le saint-désirat qu'Emese demanda comme d'habitude en apéro égaya rapidement ses yeux bleus. Elle avait souligné ses lèvres d'un rouge cerise, son unique et rare concession au maquillage; elle portait un chemisier brodé, rapporté de Peshawar. Elle était en train de penser qu'elle signerait volontiers dès ce soir un bail à vie avec Frédéric, par-delà les déceptions à venir qu'elle connaissait trop bien.

« Et le boulot ? Tu as vu des gens marrants ? lui demanda-t-il.

– La semaine dernière, on a reçu des ingénieurs d'Iéna. Ils portaient encore leurs costards d'apparatchiks marron et des chemises en acrylique jaune, avec des cravates à fleurs. Il n'y avait que leurs chaussures en vrai cuir pour montrer qu'ils savaient que le Mur était tombé. Mais ils ne jurent que par les Américains, les *marines*, les *yankees*, Clint Eastwood. Ils connaissent un nombre invraisemblable de blagues sur les Allemands ou sur nous, genre histoires belges réadaptées. »

Le matin, Emese était traductrice dans un atelier d'architectes ; l'après-midi, chez elle, elle éditait des scénarios, des livres, des pièces de théâtre. Dans ses moments perdus, elle travaillait bénévolement sur des recueils de poèmes, pour le plaisir de rencontrer les auteurs et d'être invitée aux cocktails d'une revue chic de poésie à laquelle collaborait sa copine Magritt.

C'est lors d'une de ces fêtes, consacrée à la sortie d'un numéro sur les Indiens, qu'elle avait connu Frédéric. Présentés l'un à l'autre par Magritt, tous deux un peu marginaux dans la soirée, un peu ivres aussi, ils s'étaient mis à bavarder pour dissimuler leur timidité. Frédéric revenait des îles de la Reine-Charlotte où il avait rencontré un chef Haïda, sculpteur de totems célébré par une exposition au Metropolitan Museum of New York, et sur qui il avait écrit. Dans la foulée, il raconta aussi une histoire qui se déroulait dans une réserve Cree du Grand Nord canadien : des géologues de compagnies pétrolières en conflit avec les chefs d'une tribu qui interdisaient l'extraction d'une poche de pétrole, sous l'argument que leurs ancêtres, oubliés à l'époque de la conquête par les administrateurs coloniaux, n'avaient pas été conviés à signer les traités de paix avec l'État canadien.

Frédéric ne cessait de lui proposer du champagne, il semblait tellement craindre les silences dans la conversation qu'il en devenait un fébrile conteur. Emese riait avec gentillesse.

Grâce à la malice de Magritt, ils se retrouvèrent une dizaine de jours plus tard, au bar du Piano Vache, près du Panthéon, où ils parlèrent toute la soirée du Danube. Elle, de la partie supérieure : les lagunes et îlots où faisaient halte les migrateurs, les thermes sur l'île Margit de Budapest, très prisés pour les noces, la forêt interdite de Gemenci, les pique-niques en famille sur les rives de Kiskunlacháza où son grand-père arrimait sa barque, les vols triangulaires d'oies à l'approche de l'hiver et du printemps qui semblaient suivre le fil d'eau, les bateaux décorés du carnaval de Mohács, le bac pour aller aux foires de Voïvodine, l'immense Danube de son enfance.

Lui du cours inférieur du fleuve : la porte de Fer des monts Almăjului, qu'ils comparèrent avec la porte de Fer des monts Börzsöny ; les bals dans les guinguettes de Turnu Severin, si appréciés quand on revenait de Roumanie ; les flots chimiques cristallins de Giurgiu, les marins venus des ports du monde entier et les bars de Tulcea, et surtout le delta, les loups qu'il avait pu voir aux abords des décharges d'ordures, les colonies de pélicans dans les nénuphars, les pêcheurs lipovènes barbus qu'il avait connus lors de reportages en Roumanie. Car à l'époque, devait remarquer Emese par la suite, il n'avait pas encore vécu Vukovar.

Pour leur troisième rencontre, la bonne, elle lui donna rendez-vous à un concert d'Archie Shepp, aux Instants-Chavirés de Montreuil.

Elle saisit l'assiette de Frédéric, lui ouvrit sa daurade d'un geste vif du plat du couteau et lui ôta les arêtes. Il lui remplit son verre, fit une moue interrogative en observant la bouteille vide. Emese continua de raconter ce qu'elle appelait ses « mignonnes histoires de clients », reprenant sans aucun effort de mémoire des anecdotes, comme si de rien n'était depuis leur dernière séparation : « En ce moment, je suis jusqu'au cou dans la psychanalyse. Juliette… et ses lacaniens. Ils préparent leur colloque annuel. Je termine aussi un bouquin de journaliste. Une de ces Américaines toquées de Paris. Enfin, elle écrit surtout sur les oiseaux, ce n'est pas pareil, mais elle te connaît. Vous vous êtes rencontrés à Jérusalem. Vous avez même voyagé en concert. »

Frédéric sourit, car il affectionnait les fautes d'Emese sur des expressions françaises. Elle poursuivit :

« Quand je lui ai demandé comment c'était arrivé, elle m'a dit : "Un matin on a échangé quelques impressions au petit déjeuner de l'hôtel. Comme on prévoyait tous les deux de descendre vers la mer Morte, il m'a proposé de m'emmener dans sa bagnole. Moi, je l'ai détourné vers le désert pour observer des pinsons loriots uniques au monde, dans les jardins d'un caravansérail, paumés dans le désert au milieu de châssis de tanks rouillés, à Nabi Moussa, là où serait enseveli Moïse. Lui, il m'a emmené observer les types beaucoup plus bruyants de l'Intifada, dans la vallée de Jéricho." »

À cet instant, Emese marqua un silence, cligna des yeux, semblant attendre une question. Frédéric sentit l'aubaine attendue depuis plusieurs jours. Il tenta d'introduire ses nouvelles résolutions :

« Dis donc, Emese, si je te pariais que... Si je te promettais, enfin, simplement si je t'annonçais...»

Elle attrapa son verre de vin et le but goulûment. Puis elle plongea son regard dans celui de Frédéric et lui sourit. Elle fit exprès de se montrer trop joyeuse pour être détournée de la conversation sur le désert de la mer Morte.

« Et son bouquin ? demanda Frédéric.

— Très sophistiqué. Les invisibles oiseaux du désert, quelque chose comme ça... Ou plus exactement les oiseaux d'endroits désertifiés par les guerres, abandonnés, qu'on n'imagine pas pouvoir emménager là-bas, avec de ravissants noms, des colious huppés, des coucals noirous. »

La chatte miaula et se précipita autour des chevilles d'Emese, qui lança son manteau noir sur le canapé. Une agréable ivresse ralentissait ses gestes et adoucissait sa voix. Ses deux bras entourèrent le cou de Frédéric, elle écrasa ses lèvres sur les siennes, comme si elle embrassait un garçon pour la première fois.

Elle recula d'un pas, mit du Charlie Parker en sourdine et disparut dans la chambre. Frédéric hésita à saisir son paquet de lettres. Il aperçut sous le canapé un tas de *Libération*, intacts dans leur pliage d'abonnement. Il commença à les feuilleter, dans l'ordre chronologique, survolant les titres à un rythme régulier. À chaque exemplaire, il ralentissait sur la séquence Étranger, s'arrêtait aux titres Tchétchénie, lisait quelques lignes de ses propres articles à la va-vite. Puis s'attardait sur les photos.

Sur l'une d'elles, il reconnut Khaez, une cigarette papier maïs à la bouche. Il était penché sur des cadavres entassés dans une remorque de tracteur, à la coopérative agricole d'Alkhan-Yourt, une bourgade au sud de Groznyï, célèbre pour sa foire. Gaillard jovial, Khaez habitait dans la même rue que Frédéric. Il était né dans une cabane, au cœur du Grand Nord sibérien, à propos duquel il racontait de fabuleuses anecdotes. Il possédait une carabine à chevrotine, et une Kalachnikov enjolivée d'une crosse en bois vernis qu'il lui avait un jour fait admirer. Avant-guerre, il vivait de son atelier de ferronnerie ; depuis les réquisitions, il cultivait son champ et chassait à travers les bois de bouleaux, emmenant parfois Frédéric.

Cette photo avait été prise le jour où les troupes russes abandonnaient Alkhan-Yourt, à l'issue de plusieurs semaines de combats. Deux heures après cette scène, des commerçants offraient des casiers de bouteilles de vodka dans la halle du marché couvert. Une multitude de gamins faisaient la queue à la grande poste où des babouchkas confectionnaient des glaces de laitage nature, utilisant le dernier générateur intact. D'autres gamins entamèrent une partie de cache-cache géante dans les décombres du palais municipal. On sortit des violons, des trompettes, des radiocassettes ; les carcasses de voitures qui servaient à bloquer les rues furent écartées sur les bords par des tracteurs.

Les rebelles tchétchènes descendirent des montagnes, affluant toute la journée et jusque tard dans la nuit. Ils se jetaient sur les cigarettes qu'on leur offrait, prêtaient des fusils aux ados pour tirer des pétarades en l'air. Des orchestres jouaient sur la place Iouri-Gagarine, cela sentait l'agneau grillé, l'ivresse et le bal populaire. À l'aube, des tanks russes surgirent des champs alentour, et ce fut une journée de massacre et de ravages, dans un nuage de poussière. Frédéric, Zarina son interprète, Serge un copain photographe, tous trois très éméchés, trouvèrent refuge dans un silo à maïs pendant toute la durée du vacarme. Khaez n'était jamais réapparu depuis ce jour.

Frédéric pencha la tête pour vérifier, sur le crédit de la photo, le nom de Serge. Il se dit qu'il allait lui demander des tirages de ces photos pour l'épouse de Khaez. Il reposa le journal, arrangea la pile et la poussa sous le canapé telle qu'elle était. Puis il se mit à brosser la minette jusqu'à la fin du disque.

2

Emese posa le plateau sur le bord du lit et s'assit à côté. Elle préparait un thé très amer, tonique, qu'elle achetait dans une épicerie de produits exotiques, tenue par un Slovaque dont elle aimait le bavardage. Frédéric se réveilla en grognant d'aise, et se redressa. Emese était déjà habillée, un collier de perles autour du cou. Elle beurrait du pain noir, granuleux, parfumé au cumin, ramené du même magasin de la rue Mouffetard et qui lui rappelait son enfance.

Frédéric lui caressa le bras, elle renifla deux petits coups au-dessus du drap relevé et sourit. Durant la nuit, ils avaient fait l'amour; d'abord un peu comme des lapins, ensuite plus tendrement. Elle lui tendit une tartine. Elle n'avait pas sorti le jambon fumé comme elle le faisait jadis, mais elle n'en mangea pas moins de très bon appétit, signe qu'elle se sentait bien, et que ce n'était pas le moment d'entamer de grandes conversations.

«J'ai noté tous les appels pour toi dans la messagerie, tu trouveras la liste avec tes e-mails», lança-t-elle l'instant d'après de la cuisine. Et elle reprit, le regard sur le paquet d'enveloppes : «Eh bien!? Tu n'ouvres plus ton courrier? Tu as peur des mauvaises nouvelles? Pour un journaliste comme toi, c'est quelque chose… À propos, j'ai emmené la bagnole chez le garagiste, ajouta-t-elle.

– Ah bon? Grave?

– Je ne sais pas, j'étais inquiète. Un bizarre chuintement dans le moteur.

– Avec des à-coups quand tu accélères? Des cognements de plus en plus rapides?

– Non, pas du tout, plus doux. Mais il surgissait et disparaissait sans que je comprenne pourquoi.

– Ne t'en fais pas. Je passerai ce matin au garage.»

L'énorme affection qu'ils partageaient pour cette Peugeot qu'Emese avait découverte dans un garage des Gobelins remontait très précisément au lendemain de leur première nuit passée ensemble. Un modèle 405 pas tout jeune, à toit ouvrant, sièges en cuir, qu'ils avaient repeint en un luxueux bleu roi.

Avant de quitter l'appartement, elle lui demanda s'il serait là pour dîner, il répondit oui et roula sous la couette à la place encore creusée et tiède d'Emese.

Luís était assis seul au bar du Sporting, lisant *Le Parisien*, comme à son habitude, lorsque Frédéric entra. « *Olá! Figo, tudo bem ?*» Luís, surnommé Figo dans le bistrot, en hommage à son idole, était camionneur. Bien qu'il fût portugais, il semblait tout droit échappé d'un *road movie* américain : santiags aux pieds, gilet en jean, cheveux serrés dans un catogan sous une casquette crasseuse du Benfica Lisbonne. Lorsqu'il avalait, comme ce matin, quelques grands crèmes et un sandwich, c'est qu'il n'allait pas tarder à grimper dans son semi-remorque garé sur le trottoir de la rue de l'Épée-de-Bois, et disparaître pendant des semaines sur les routes d'Europe centrale, parfois plus loin, au-delà de la Russie ou de l'Iran. Les jours de repos, du matin au soir, il buvait des bières, accompagné d'un sympathique épagneul au pied du bar.

« Frédéric ! Te v'la ? Ça doit faire du bien. Tu étais encore fourré dans ta toundra ?

– Exact. Comment va le camion ?

– Ça roule. J'vais lui faire visiter les routes du Kazakhstan. Il n'est pas super-enthousiaste, tu imagines.

– Il a tort. Almaty ?

– Peut-être bien un nom comme ça. J'ai laissé la feuille de route dans le bahut. Dis-moi, ils se tiennent peinards dans le coin, ou ils sont du genre treillis, à défourailler sur tout ce qui bouge ?

– Peinards, les gens sont incroyablement gentils. Des jolies filles blondes ou brunes comme tu les aimeras. Des routes interminables et droites, sans trafic, au milieu de paysages magnifiques. Méfie-toi seulement de l'essence que tu mets dans ton bahut. Ils magouillent dur.

– Pour la benzine, j'ai le pif. Et question racket, ou milices?

– T'inquiète, c'est pas là que ça se passe, pas encore, je touche du bois. Tu n'auras même pas à te soucier de limitation de vitesse. Sinon, quoi de neuf? Le chien? Et Benfica?»

Luís résuma les dernières prouesses de Simão Sabrosa à Lisbonne, de Luís Figo au Real Madrid, et de Cristiano Ronaldo à Manchester United tandis que Frédéric s'asseyait sur un tabouret, à l'autre bout du bar.

Quand il lui apporta un café allongé, assorti d'un verre d'eau, sans plus d'attention que s'il l'avait vu toute la semaine, Rachid, le patron, feignit un air affairé. Il savait que Frédéric se crispait si on l'interrogeait sur ses reportages dès son retour, et qu'il lui faudrait attendre trois ou quatre jours et une bonne occasion pour poser des questions, comme si de rien n'était.

Hormis des balayeurs qui prenaient leur pause autour du flipper, le bistrot était vide. On y respirait déjà le plat du jour mijoté par Anissa. Frédéric lui fit un signe à travers la porte et lut en hâte les titres de *Libération*. Puis il chercha dans *Le Monde* la chronique d'Alain Lompech, intitulée: «Toujours en fleurs, les géraniums affrontent le mois le plus traître de l'année!», qui débutait par cette phrase: «Malgré la neige et le froid, ils n'avaient donc pas gelé!» Sans quitter la vie au grand air, il déplia *L'Équipe* sur le zinc, et commença à la première page par le football : une interview de Pauleta réclamant plus de ballons sur son pied droit, une autre de Semak se plaignant que Pauleta vendange tous les bons ballons qu'il lui met sur son pied gauche : le PSG fidèle à lui-même. Saint-Étienne... toujours en première division, quand même ! Barça laisse le Real sur le carreau et Ronaldinho explose le Nou Camp ; Adriano et Chevtchenko poursuivent leur festival. Saha claque but sur but à Manchester, bonne nouvelle, ce joueur est sympa. Mais tiens ! Le Hertha Berlin en tête du championnat allemand, voilà la surprise, une première depuis la Grande Guerre...

Frédéric lisait les potins, les prises de bec revanchardes entre joueurs et entraîneurs, et surtout les rumeurs de transferts, inépuisable feuilleton, idéal pour se replonger dans le bain. Il tourna la page et attaqua le tennis, campé pour la quinzaine en Floride, normal en cette saison, avec une armada de Russes au premier tour... La porte s'ouvrit sur un brouhaha d'artisans en bleu de travail et d'habitués du quartier qui s'installèrent pour déjeuner.

Frédéric pensa qu'à cette heure il y aurait peu de monde dans les étages du journal et que ce serait le bon moment pour y revenir ; il appréhendait les effusions et les exclamations qui marquaient ses retours. Il se trouvait toujours aussi balourd à répondre, non par modestie, mais parce qu'il ne savait par quel bout prendre la réponse sans qu'elle mène à une discussion.

Une fois, tandis qu'il jouait à l'abruti face aux questions de Magritt, la meilleure copine d'Emese, elle lui avait lancé : «Toi, Frédéric, tu es plus que décourageant. Tu as de la chance d'écrire des histoires comme tu les écris, parce que, sinon, tu es vraiment trop empoté. Pourtant, la guerre, cela se raconte, non?»

Il en avait rigolé, lui avait répondu :

«Vrai, et c'est fait exprès. Entre la frustration de décevoir les amis parce que je ne veux pas raconter et celle de décevoir parce que je raconte trop mal, je choisis la première solution.

— Un peu fallacieux, tu ne trouves pas?

— Il y a un tel décalage entre ce que... Comme une sorte d'impuissance qui vous rend minable, ou une forme de lassitude.»

Il s'était abstenu de lui dire que, plus simplement, à la guerre, on perd l'habitude de bavarder, parce qu'on n'en éprouve plus le plaisir. On se contente de conversations pragmatiques : l'itinéraire le moins dangereux pour atteindre le téléphone satellite, où trouver de l'essence ou du plasma, quel barrage est ouvert, à quel endroit a bougé la ligne de front. Ou, à l'inverse, très souvent, on décolle en élucubrations burlesques, pathétiques. Mais on discute peu d'avenir; on se contente d'échanger des impressions au jour le jour, par scepticisme ou superstition, peut-être.

Il pouvait admirer des copains qui égayent une soirée ou qui emballent une fille grâce à leurs talents de conteurs reporters. Mais il partageait avec les gens restés là-bas une méfiance ou un découragement à raconter. Un jour, il dit à Magritt: «Bien raconter, dans une soirée, des histoires que l'on n'a pas écrites, ça frise toujours un peu l'escroquerie, ou plutôt l'exotisme. C'est une affaire de tempérament…

— Pourtant, quoi que tu dises de l'exotisme, raconter les coulisses des reportages, c'est l'occasion de rentrer dans la grande maison par la petite porte de derrière. Des petites histoires ou des recettes de cuisine dont, nous, on raffole, lui répondit Magritt.

— C'est une affaire de complicité. Et nous ne voulons pas ressentir de complicité, en tout cas trop immédiate, avec ceux à qui l'on raconte au retour, voilà. Écrire là-bas, être lu ici, se taire ici, chaque chose à sa place.

— Qu'est-ce qu'il y aurait d'insupportable à être complice avec des amis? Je crois que tu t'inventes des complications parce que tu ne sais plus très bien où tu habites.»

Avec Emese, tout était plus simple car elle ne posait jamais de questions. Elle l'accueillait de façon identique, qu'il revienne de Bagdad ou de Londres. Depuis le début de leur vie commune, son indifférence affichée le soulageait, même si elle pouvait parfois l'intriguer. Il hésita à l'appeler au bureau. Il se leva, salua à la ronde avec ses journaux, se disant que le plus simple, pour lui parler de ses promesses, serait de lui proposer un week-end de balades sur les plages d'Arromanches-les-Bains, en Normandie, au milieu des bunkers et des trotteurs à l'entraînement. Ou mieux, à Saint-Malo, dans les bourrasques de la plage du Sillon, entre le charivari des vagues et la digue de granit noir ; près de la mer, en tout cas.

Dans le parking du journal, sa moto était couverte de poussière. À l'aide d'un chiffon, il nettoya le réservoir bleu marine à liserés blancs, les compteurs ronds. Il caressa le carter, et retint sa respiration. Il savait que la batterie, vidée par une longue inactivité, ne produirait qu'une étincelle d'agonie, ne donnant au moteur qu'une infime chance. Frédéric le laissa hoqueter, il aimait la sensation de l'huile se répandant dans les deux cylindres, qui aussitôt ronronnèrent d'aise. Il tapota les ailettes jusqu'à ce qu'elles deviennent brûlantes.

À Argoun, il louait à un éleveur de moutons une camionnette Ouaz des années cinquante, jaune. Il fallait monter les vitesses en double débrayage, pomper plusieurs coups sur la pédale pour espérer freiner, nettoyer le pare-brise à la main par la fenêtre ouverte lorsque le froid bloquait les essuie-glaces ; mais cette camionnette était d'une égale bonne volonté sur tous les terrains, se surchargeant de paysans et paysannes sur le bord des routes, lesquels supportaient, impassibles, les cahots et ne manquaient pas de remercier le chauffeur d'un verre de vodka à leur débarquement.

Un fumet de nuoc-mâm flottait au septième étage, le plateau du service Étranger. Patricia, Sylvie, Ariane et une jeune inconnue déjeunaient autour de la table des documentalistes, partageant des plats rapportés du Chinois du passage. Elles accueillirent Frédéric avec des gestes des bras sémaphoriques ; il alla leur faire la bise joyeusement.

« Maria, notre stagiaire du mois, dit Patricia en désignant la fille inconnue. Elle est catalane, de Perpignan. » Tournant la main vers Frédéric : « Voici Frédéric, tu connais son nom, puisque tu as relu ses papiers ces dernières semaines. »

Sylvie, lui tendant un morceau de poulet au bout de ses baguettes :

« Dis donc, Frédo, tu n'as pas une trop sale tête pour quelqu'un qui est censé n'avoir mangé que des topinambours pendant tout ce temps.

— Toi, tu es encore plus bronzée que d'hab ! En cette saison, c'est ravissant… Bali, pays Dogon ?

— Les plages de Bahia, figure-toi, répondit Sylvie. Avec les récups du temps de travail et les billets d'avion soldés sur Internet, on ne se refuse plus rien. La prochaine fois, Madagascar. Toi aussi, tu devrais y penser. Avant qu'il ne soit trop tard.»

Sur une télévision posée en haut d'une armoire métallique, à côté de la fatidique horloge vers laquelle se tournent les yeux inquiets des éditeurs dans la soirée, les images de CNN défilaient en silence. Rien n'accrocha Frédéric. D'un regard panoramique, il parcourut le paysage des bureaux : les fatras de livres et dossiers sur les tables, les chaises à roulettes, les écrans d'ordinateurs, les casques antibruit, les bouteilles d'eau, les poubelles géantes, les traces de brûlures de cigarettes sur la moquette...

Les journalistes du service étaient allés déjeuner au restaurant. Ils en reviendraient par petites bandes allègres. Depuis qu'il écrivait dans les pays en guerre, où l'on estime excessif ce luxe ou ce risque en plein jour, Frédéric avait perdu l'habitude de manger à midi. Il débarrassa son bureau des fax, dépêches d'agences, bouquins d'enquêtes, magazines empilés en son absence. Il feuilleta *Le Figaro*, *Le Nouvel Obs* et quelques autres journaux pour savoir où se trouvaient ses copains, puis il alluma son ordinateur.

En fin d'après-midi, Édouard, un caviste de la rue de Bretagne, déposa sur la table deux cartons de bouteilles de champagne. Patricia et Sylvie, immédiatement aidées par Frédéric qui avait deviné leurs intentions, s'affairèrent autour de la table.

L'explosion des bouchons donna le signal, dans un tapage d'exclamations.

« Sous quel prétexte ? lança quelqu'un à l'entrée du plateau paysager.

– L'anniv' d'Ariane, le retour de Frédo et, puisque tout a une fin, le départ de Maria qui nous abandonne pour retrouver son école à Perpignan. »

La tradition des pots du service Étranger, champagne et gobelets en plastique, remontait à la genèse de journal. Ceux des autres étages se laissaient simplement attirer par cette effervescence de fin de semaine. Martine, qui revenait des Flandres, racontait un reportage avec un accent belge et son habituel humour sarcastique. Sophie et Anne-Cécile se disputaient au sujet d'un nouveau moniteur du gym-club, puis à propos de la dernière bagnole du patron. On parlait d'un sketch des Guignols, de la rivière de diamants – vrais ou faux ? – d'une actionnaire au dernier conseil d'administration, d'un article du *Monde* de l'après-midi.

« Et toi, Frédéric, quand est-ce que tu y repars ? s'écria Lucien à la ronde comme il aimait le faire. Ça doit déjà te manquer, non ? »

Plusieurs visages se tournèrent vers Frédéric qui fit une très expressive grimace dubitative :

« Bah, je sais pas. Peut-être plus jamais... »

Il y eut des rires. Martine le regarda en fronçant les

sourcils. Il avait dit cela l'air de rien, comme pour tester les réactions.

« Il n'empêche que la question va très vite se poser, dit Sophie qui n'avait nullement pris sa réponse au sérieux, tu as vu que ça barde dans tous les coins à Groznyï. Cet après-midi, toutes les organisations humanitaires foutent le camp. La grande débâcle. »

Frédéric hocha la tête en signe d'acquiescement.

Sur le palier, il entendit une chanson de Dolly Parton. Il était tard, Emese travaillait dans la chambre. Le vin s'aérait dans une carafe, des verres de cristal attendaient. Un bouquet de jonquilles. La minette se contenta de lever le museau.

« Tu es là ? » Emese le laissa lui déposer une bise sur les lèvres, éteignit son ordinateur et ralluma le four.

Sandre rôti au paprika, tarte au fromage, tout arriva en même temps sur la table. Il s'extasia, sans écho car, à l'évidence, l'entrain qui avait préludé à ce dîner s'était consumé dans l'attente.

Grisé par le champagne, Frédéric avait envisagé en chemin de parler à Emese de l'envie qu'elle-même avait encore évoquée, avec la légèreté feinte d'une taquinerie, la veille de son dernier départ. Mais le silence d'Emese, par ailleurs incapable de mauvaise humeur, traduisait son peu d'envie de quoi que ce soit ce soir-là, et en particulier de parler. Elle mangea de bon appétit, baladant furtivement son regard de son assiette à la minette, puis aux murs, et à Frédéric, servit les plats avec des gestes machinaux, s'en alla bouquiner. Il se sentait anéanti par la déception d'Emese, et triste dans cette atmosphère de gâchis qu'il connaissait trop bien. Il ne comprenait pas, pour la millième fois, comment il avait pu être assez stupide pour s'attarder au journal.

3

Assis au zinc du Sporting, Frédéric savoura un premier café serré, attendant la brûlure à l'estomac qui marquait habituellement ses retours. N'éprouvant rien, il en commanda un second, déplia le journal, sans s'arrêter sur aucun article. Cette matinée le laissait désemparé.

Il choisit d'aller dans une librairie. Au moins, il n'y verrait pas le temps passer, car il n'avait pas acheté de livres depuis des mois, pas lu non plus. À la guerre, même s'ils prennent conscience de leur attachement pour leurs livres et tentent de les protéger à l'aide de planches, ou en les descendant avec eux dans les caves, les gens ne les ouvrent pratiquement plus. Paradoxalement d'ailleurs, car d'infinis temps d'ennui, apparemment propices à la lecture, ponctuent leurs journées souvent sans boulot, sans école et sans beaucoup de déplacements.

Ainsi à Beyrouth, en Afghanistan, au Soudan

et ailleurs, où l'attente n'en finissait pas. En général les rares lecteurs qu'il rencontrait un bouquin à la main étaient des personnes âgées ; parfois, mais rarement, une ado dans un coin qui survivait ainsi à la solitude.

Au début, il pensait que c'était la tension qui empêchait les gens de lire. Qu'ils étaient perturbés par les changements d'habitudes, gênés par le froid, le bruit ou par un mauvais éclairage dans la pièce ; qu'ils étaient trop fébriles ou anxieux pour se concentrer. Mais au fil des ans ces suppositions lui avaient paru erronées. Ces gens continuaient d'écouter de la musique, de rêvasser, de se câliner ; c'est la lecture elle-même, la connivence avec un bouquin, qui semblaient n'avoir plus de raison d'être, comme si d'avoir basculé dans un autre monde, celui d'un imprévisible chaos, avait supprimé l'envie ou le besoin de s'évader dans le monde de la littérature.

Quand on lui demandait d'expliquer cette attitude, Frédéric répondait par cette phrase, dont il ne se souvenait plus si elle était de lui ou de quelqu'un d'autre : « Je crois que la littérature vous plonge dans le passé ou dans l'avenir ; or, à la guerre, on ne s'imagine soi-même qu'au présent. On conjugue tout ce qu'on fait ou doit faire au présent, tout ce qu'on pense. Il y a donc un problème de concordance des temps. »

Le claquement du flipper interrompit ses pensées, il hésita entre plusieurs librairies, et finit par choisir Tschann à Montparnasse.

Il y régnait le calme qu'il espérait ; midi était un moment heureux pour traîner autour des piles de livres posées sur les tables. Il se réjouit de revoir les couvertures blanches à la française. Il les apprécia d'autant plus qu'il se sentait déboussolé et ne savait que feuilleter face aux piles, à l'exception d'un roman sur les maquis espagnols. Il alla s'attarder aux rayons des classiques, fut surpris par un inédit de Primo Levi et par un roman d'Easton Ellis. Comme d'habitude, il prit des romans d'auteurs familiers qui le rassuraient : Ivan Tourgueniev, John Steinbeck, Saul Bellow, Jim Harrison...

« Il paraît que tu t'es collé au desk ? Ça nous ramène à... ? demanda Marie-Cécile, à son arrivée au service Étranger.

— Exact, en plus avec plaisir, répondit Frédéric en déposant son blouson sur sa chaise.

— Alors, voilà le menu du jour. Cinq colonnes de brèves, tu t'en tires bien pour un premier jour. »

Elle lui tendit une photocopie du plan des six pages Étranger du lendemain, avec les titres et longueurs des articles décidés le matin en comité de rédaction. Il fit apparaître sur l'ordinateur les fichiers des agences de presse, fouilla par curiosité dans l'AFP-Sports pour voir la composition de l'équipe de France du samedi suivant, sortit un bloc-notes et un stylo.

« Tu ne commencerais pas par un café ? lui demanda Philippe. Qu'on parle un peu de tout ça. »

Philippe, le chef du service, déconcertait Frédéric. Il était un de ces nombreux journalistes érudits, parfois cyniques, souvent désabusés, qui saisissent n'importe quel prétexte pour théoriser sur la méchanceté de la nature humaine, justifier une perpétuelle méfiance – jalousie ou condescendance ? – à l'encontre des gens révélés par les événements. De ces journalistes philosophes mais frustrés, en manque de reconnaissance, subissant l'aura des universitaires et des reporters, et souffrant avant tout d'écrire leurs éditoriaux sur un papier journal susceptible de tapisser une poubelle le jour même. Toutefois, si Philippe montrait peu de considération pour l'humanité, il était extrêmement amical et bienveillant à l'égard des gens de son service.

En grimpant le colimaçon du couloir, sans ralentir le pas, Frédéric jeta un œil sur les panneaux d'affichage, offre d'emploi d'une nounou tunisienne, lettre ouverte d'Édouard de Rothschild aux journalistes, soldes de chaussettes double fil d'Écosse au comité d'entreprise tous les jeudis, polémique au sein du service Portraits, pétition pour l'embauche d'une éditrice pigiste, une autre contre la charia au Nigeria.

Ils discutèrent une petite heure de Groznyï, de la

nouvelle maquette du *Figaro*, de rumeurs de chasseurs de primes américains dans des hôtels de Bagdad, de bagatelles au sein du service. Philippe lui demanda s'il ne tirait pas trop sur la corde, Frédéric lui répondit en riant qu'il ne se fatiguait pas plus là-bas qu'à Paris.

« Je ne parlais pas de fatigue, rectifia Philippe. Plutôt des risques d'accoutumance, ou d'accoutumance aux risques. Ce qu'on en dit. De toute façon, il n'y a que toi qui peux savoir. Tu connaissais le gars de Reuters qui s'est fait tuer dans une embuscade il y a quinze jours?

— Gareth? Oui, très bien. Un Gallois, le genre sept jours sur sept, douze coups de fil pour confirmer un chiffre. À l'anglo-saxonne, un vrai maniaque de la dépêche, un vrai obsessionnel de la concurrence. Un vrai pote, comme Paulo, le cameraman portugais qui était avec lui…

— Ils laissent des familles?

— Malheureusement Gareth en laisse deux. Il allait aussi être papa à Groznyï…

— C'est la génération Sarajevo, ou Liban?

— Gareth, le Liban ou la première Intifada. Paulo a commencé en Angola. Il a passé des années à tirer la langue dans la brousse, et au Mozambique, en Sierra Leone, dans des maquis à partager la tambouille avec des guérilleros cinglés de chez cinglés ; à filmer ses histoires tout seul ou presque. Au mieux pour la télé portugaise, au pire pour rien. Il doit laisser des archives dignes d'une vidéothèque. Un jour, il a voulu changer d'air, il s'est acheté des godasses fourrées, un sac à dos, et il est parti pour Groznyï. Il a marché quatre-vingts bornes tout seul dans la neige à travers les bouleaux, entre les check-points, avec sa caméra et son balluchon, pour rentrer dans la ville pendant le premier assaut russe. Ensuite pour lui, filmer dans la gadoue à Groznyï, embauché par les Anglais, c'était comme jouer en Coupe d'Europe après avoir connu la deuxième division portugaise.»

En redescendant vers leurs bureaux, Philippe lui dit: «Bon, quoi qu'il en soit, tu me préviens quand tu peux y retourner. Pour nous, la Tchétchénie reste une histoire forte, même si on manque de place dans les pages, dis-toi qu'on sera toujours preneurs.» Le ton naturel de sa voix ébranla Frédéric qui resta en retrait, hésitant à aborder le sujet.

«Ça va?» demanda Philippe.

Soudain trop inquiet de ce qui l'attendait, Frédéric ne parvint pas à trouver la phrase pour répondre, et se contenta d'un: «D'acco d'ac, je te préviens.» Son manque de franchise le déprima un instant, puis le malaise se dissipa au fil des colonnes de brèves qu'il se mit à taper énergiquement sur son clavier.

«Allons, allons, ça traîne. Vingt-trois heures quarante à l'horloge. Le journal devrait être bouclé depuis dix minutes. Ça sent le rouillé par ici…» Frédéric leva les yeux sur Martine et Sophie, derrière lui, déjà emmitouflées dans leur manteau. Malgré le silence, il ne les avait pas entendues s'approcher. Tous les trois sourirent à l'idée de se retrouver ensemble sur le plateau désert.

«Tu as fini? On te sort pour une soirée potins. Imagine la pile qu'on t'a gardée, lança Sophie.

– Cinq minutes. Il y a juste à relire cet article de Pierre, et c'est bouclé.»

Ils se perchèrent sur les tabourets du Piano Vache, à deux pas du Panthéon; Sophie, la plus volubile, s'assit entre eux.

«Alors, ces potins? Histoires de cul d'abord, comme d'hab? proposa Frédéric.

– Okay. On commence par quel service? Économie, Société? demanda Sophie; Étranger, c'est un peu plat.

– On commence par trois pintes», décida Martine.

Ils se mirent à chahuter et parler du journal, un peu de leurs amours et de séries télé américaines. Une redoutable complicité soudait ce trio. Après quelques bières, Martine demanda à Frédéric ce qu'il avait mangé là-bas. Frédéric énuméra la purée de betteraves, les galettes de gruau et le thé noir du petit déjeuner, puis il dépeignit les musiciens ambulants ou les concerts improvisés avec des radiocassettes, il décrivit des files d'attente et le tohu-bohu bon enfant du marché, ou les soudaines paniques qui le vidaient; les trocs de planches, feuilles plastique, les bougies en suif qui empestent le mouton à la nuit tombée. Il racontait sans peine, grâce à l'interrogatoire serré de Martine.

Martine était une grande fille étrange. Très sportive, toujours vêtue d'un jean, de mocassins, et pareillement maquillée, que ce soit pour venir au bureau, pour partir en reportage à Lons-le-Saunier par le premier train du matin ou pour se rendre à des mondanités de journalistes dont elle raffolait. Paradoxalement, bien qu'elle ne cessât de sortir le soir ou de voyager pour le journal, elle semblait passer son temps à lire, ou avoir tout lu dans une vie antérieure, tant était fascinante sa culture littéraire.

Normalienne, elle était arrivée au journal précédée d'une réputation de fêtarde, consommatrice de garçons, universitaire en rupture de ban. Elle prétendait avoir choisi le journalisme par hasard : « D'abord pour voir, comme au poker, avait-elle expliqué lors d'un de leurs dîners chez Sophie. J'avais pas mal bu, j'ai parié avec un copain que j'allais suivre un stage aux Faits divers de *Libé*. Le lendemain, j'avais une gueule de bois à couper à la hache, j'ai appelé, on m'a dit oui. Je ne pouvais plus reculer. J'ai découvert les mines d'or des brèves de la presse de province, j'ai pris un abonnement pour le train de cinq heures cinquante-cinq, mon préféré.

Je ne suis même pas allée dire au revoir aux profs lors des cérémonies de fin d'année.»

Elle feignait de prendre tous les événements de la vie avec un égal humour caustique. Mais à l'évidence derrière sa gaieté parfois un peu forcée se dissimulait comme un malaise, «une blessure intérieure», avança une fois Sophie qui, pas plus que Frédéric, ne parvenait jamais à l'évoquer avec Martine.

Depuis quelque temps la guerre la troublait, y partir la tentait, Frédéric le devinait.

Comme Frédéric était inhabituellement loquace, les deux filles affinèrent leur questionnaire. Il décrivit la cave aménagée sous la maison ; les potagers entretenus dans les jardins publics, les va-et-vient et plaisanteries des voisins ; les classes d'école dans un gymnase en sous-sol, les matchs de foot au même endroit, les concours de pronostics. Les tournois de cartes, en attendant la fin d'un déluge d'obus sur le quartier, les parties de jambes en l'air.

«Et des dénonciations, des règlements de comptes ?

– Inévitables, tu imagines.»

Il poursuivit avec les guetteurs groupés autour d'un lapin en broche dans les champs alentour ; les funérailles à la sauvette, les soirées à regarder faiblir la dernière lampe de poche. À un moment, il expira un grand coup, vida son verre et se tut.

«Tu devrais écrire un bouquin, dit Sophie.

— Un bouquin? Réchauffer des articles après coup, les étirer pour les voir en librairie? Oh, bon Dieu, pour quoi faire?

— Pas un bouquin sur la Tchétchénie. Un bouquin sur la guerre, pour raconter ce qu'on ne lit jamais dans les reportages.

— Quoi par exemple?

— L'ennui. Tu parles souvent des gens qui attendent sans fin. Ou les moments d'excitation, les aventures amoureuses. Les histoires de cul, bien sûr. Les femmes désespérées de se voir enlaidir. Les enfants qui sautent l'enfance, et les personnes âgées que la vieillesse tétanise ou au contraire décontracte. Ce que tu nous racontes.

— Ça, je crois que c'est beaucoup trop fatigant.»

Il hésita, se retint d'ajouter quelque chose, leva son verre dans leur direction et lança:

«Même si en fin de compte on trime plus que des bœufs; au départ, on devient journaliste parce qu'on est feignant, non?»

Elles rirent et trinquèrent.

Dans la rue sombre, où s'attardaient avec eux les derniers clients tandis que s'éteignaient les lumières du bar, Sophie, très éméchée, héla un taxi de passage et les quitta aussitôt.

Frédéric et Martine descendirent la montagne

Sainte-Geneviève en direction de la Seine. Ils marchaient bras dessus bras dessous, à la fois pour joindre leurs efforts dans la lutte contre les zigzags d'une délicieuse ivresse et pour faire semblant, encore une fois, de se draguer. Ils s'accoudèrent de longues minutes contre le parapet du pont de l'Archevêché, à écouter les clapotis de l'eau. Ils profitaient de l'air glacial de la nuit, ils étaient heureux de reprendre la marche serrés l'un contre l'autre. Ils savaient tous deux que l'aventure s'arrêterait devant la porte cochère de chez Martine, parce que chacun était persuadé, en son for intérieur, sans l'avoir jamais évoqué pour ne pas risquer d'être contredit, que l'autre en avait décidé ainsi, et s'en contentait. Dans les derniers mètres qui menaient à son immeuble, Martine dit :

« Il n'empêche, Sophie s'y est mal prise, mais elle a raison. Tu devrais écrire un bouquin.

— Une histoire d'amour en temps de guerre devient si évidente et vaine…

— Au contraire, il faut saisir l'aubaine. La littérature n'est pas innée, elle est affaire de coïncidences et d'occasions. L'amour, la peur, les illusions… Des rencontres, des mises en vrac, j'imagine…

— Ici, l'amour, ça passe ou ça casse. Là-bas aussi, tu vas me dire, mais si différemment. Une histoire d'amour semble trop étrangère… Une vraie, j'aurais l'impression de la détruire en l'écrivant. Ou de la gâcher. Et si elle est fausse, pour le coup, j'aurais l'impression d'une filouterie, d'un artifice d'écriture un peu minable…

— De toute façon, un livre, c'est plus qu'une histoire d'amour ou d'autre chose. »

Frédéric s'écarta d'elle et mima l'offuscation.

« Eh bien, justement, Martine, tu es la mieux placée pour savoir ce que veut dire hésiter autour d'une histoire. Depuis le temps que tu tournes autour de la tienne, à plat ventre sur ta moquette, devant tes cahiers…

— Oh là, que c'est mesquin ! Pourquoi tu te défiles ainsi ? On n'est pas en train de parler de moi, mais de toi.

— Un livre sur la guerre… Encore un. Tous ceux qui vont y faire un tour en écrivent. Y a ceux qui ne font le déplacement que pour ça, et ceux qui l'ont quasiment écrit avant de partir. Autrefois, quand un correspondant crapahutait des années sur des lignes de front, en plein rififi, il finissait par écrire un bouquin s'il se sentait frustré, ou hanté par les visions qu'il croyait ainsi évacuer ; ou pour occuper sa retraite. Maintenant, trois mois à Bagdad, et ça donne dix bouquins au retour.

— Ne sois pas de mauvaise foi. Les types qui les écrivent sont les mêmes qui écriraient leurs carnets de famille ou de voyages. C'est dans l'air du temps et cela n'a rien de grave. Tu t'en fous de la tendance. Toi, tu y voues ton existence.

— Et alors, parce qu'on passe son temps dans un

pays où les gens vivent ça, on tient un livre? Non, ça ne suffit pas. La littérature…

— C'est toi et une multitude de personnages et d'événements que tu associes au gré de rencontres, et qu'aucun historien ne restituera jamais. C'est une sorte d'égarement volontaire dans la guerre, les traces qu'elle laisse.

— Moi chez les partisans de Colombie, ou dans la jungle du Cabo Delgado. Moi et la peur, mes cinquante hôtels dans les conflits, mes fiancées, lettre à ces copains disparus, les bordels sur les lignes de front, carnets de route à Mossoul, journal d'attente dans le Darfour. Les librairies débordent de ces récits. Un jour, une librairie spécialisée s'ouvrira à Odéon, du genre Lignes de Front ou Guerre à la Page. Pas mal: Guerres à la Page…

— Arrête ta mauvaise foi.

— Écrire quoi? Des réalités cachées? Celles qu'on n'a pas écrites dans un journal? Comme dit Sophie, celles qui vous font basculer de l'humain à l'inhumain ou vice versa? Tu penses que j'y vais pour ça?

— Tu n'y vas plus depuis belle lurette. Tu y es. Tu n'en sors pas.

— Parce que tu crois que j'aime ça?

— Si je croyais une minute que tu aimes ça ou, employons les grands mots, que tu as pris un parti esthétique dessus, je me tairais et te laisserais t'enfoncer. Hemingway, Tolstoï, Kessel, cette littérature est derrière nous.

—Tolstoï d'accord, Kessel, n'exagérons rien.

—Je veux dire que, Dieu soit loué, les terrains de carnages n'inspirent plus de romantisme littéraire.

—Mais beaucoup de ceux qui écrivent dessus soignent leur image romantique...

—Ce romantisme *war fashion*, tu t'en fiches. Dans *Les Invaincus*, de Faulkner, un môme dit à un moment que tous ceux qui revenaient du front ramenaient avec eux la faculté de se passer de sommeil, n'ayant besoin que d'un prétexte pour durer. Un autre auteur, je ne me souviens plus qui, écrit qu'on n'aime plus pareillement quand on a eu peur à la guerre. Est-ce vrai? Moi j'en doute. Mais toi, tu ne cesses d'expliquer qu'elle transforme tous ceux qui la traversent. Tu parles de gens qui révèlent une dignité insoupçonnable, ou une indignité; de ceux que la peur rend bouffis ou impuissants. De ceux qui s'aperçoivent soudain que leur fortune ou leur titre ne servent plus à rien. Tu expliques que les guerres développent leur dynamique propre, et qu'elles contaminent ceux qui y participent. Tu veux entendre une jolie phrase d'un philosophe? Il a écrit que chaque guerre nous montre ce que nous cessons d'être.

—Whaouuh, il faut que je la recopie celle-là.» Frédéric frotta énergiquement le dos de Martine qui venait de frissonner.

«Écrire un livre sur la guerre, mon petit Frédo, c'est écrire cette transformation. Aussi simple que ça. Toi au milieu des dévastations, ça n'a aucun intérêt, mais la guerre taraudant ton estomac, c'est autre chose, qui n'a rien de lyrique. C'est parce que tu es plus miné que nous autres que nous sommes en train de parler d'un bouquin. En fait, c'est parce que tu ramènes de la guerre en toi.

— Je ne comprends pas.

— Ton incapacité à maîtriser ce que tu vis mais ton obsession à diffuser ton malaise. C'est cela ton livre. Parce que tu ne peux t'en passer.

— Et si je m'en passais, justement? »

Martine sifflota un air gai, le regard vers le ciel étoilé. Frédéric détourna le sien vers un lampadaire au bout de la rue. Il força une voix nonchalante pour reprendre :

« Et si je n'y retournais pas, ça serait une idée, non? »

Martine ne s'y trompa pas, la réplique de Frédéric manquait de spontanéité. Malgré l'ébriété et le sommeil, elle sentit que cette question appelait une réaction vive. Elle éclata de rire, le décoiffa d'un geste brusque et tendre, et lui colla un baiser au bord des lèvres en tirant sur son écharpe :

« Si tu n'y retournais pas, pour le coup cela confirmerait que tu as déjà le bouquin dans ta tête. »

Le saxophone de John Coltrane et la batterie d'Elvin Jones complotaient en sourdine, dans l'obscurité du salon que Frédéric traversa en chaussettes. La minette se déplaça de mauvaise grâce lorsqu'il souleva la couette pour s'y glisser. Emese se tourna vers lui en marmonnant, pour l'envelopper de ses bras.

Emese écartait les plants feuillus pour se frayer un passage. Au-dessus d'elle, les fleurs de tournesols, à graines brunes et pétales orange, presque toutes orientées dans le même sens, lui indiquaient la direction du soleil, mais Emese n'avait pas besoin de cela pour trouver son chemin. À un moment, elle s'arrêta, car un tournesol plus large que les autres, penché de haut en bas vers elle, la regardait avec gentillesse. Elle tapota ses graines, lui sourit et reprit sa marche, prenant soin de ne pas enfoncer les pieds dans les terriers. À l'endroit prévu, elle déboucha sur un sentier dans lequel elle s'engagea vers la droite.

En face, dans le champ, des chapelets de paprika rouge séchaient à perte de vue sur leurs piquets, surveillés par des chiens assoupis. Un cortège d'oies blanches la croisa, dodelinant de l'arrière-train, têtes hautaines, sans lui prêter attention, dans un caquetage tonitruant. Elle traversa en sautillant un premier îlot spongieux de roseaux. Son père et son grand-père s'en étaient allés le matin même à la chasse et elle tentait de les rejoindre. Un coup de fusil la fit sursauter, pas très loin, certainement au bord du fleuve. Elle entendit des froufroutements d'ailes et vit s'envoler des canards. D'autres détonations l'incitèrent à accélérer le pas. Elle aperçut les remous de l'eau brunâtre entre les arbres, puis les rochers qui, au-dessus d'une langue de gravier, formaient une digue le long de la berge. Les crépitations s'amplifiaient, cognaient ses tympans. Soudain, elle aperçut au loin la silhouette d'une vache. Une de ces vaches corpulentes, massives, aux longs poils gris, cornes courbées en arrière, dont elle aimait caresser le mufle perlé d'humidité. Elle se mit à courir vers elle, si heureuse de sentir bientôt son odeur âcre, d'entendre le grincement de sa mastication, et de ne plus être seule dans ce vacarme. À quelques dizaines de mètres, hors d'haleine, tandis qu'elle commençait à l'appeler, l'animal gris s'avéra être une carcasse de tank enfoncée depuis toujours en cet endroit boueux du Danube.

Emese regarda le plafond, encore essoufflée comme chaque fois que le tank surgissait dans son sommeil. Elle appela en chuchotant la minette qui vint aussitôt s'étendre sur sa poitrine. Elle se rappela du soir où son grand-père, à la fin du repas, le jour de son anniversaire, lui avait promis de ne plus chasser avec son fusil sur le Danube.

Elle écouta le souffle régulier de Frédéric, respira son odeur, le devina immobile, mais elle savait qu'il ne dormait pas puisqu'il reposait sur le dos. Elle aurait voulu lui demander quelque chose, n'importe quoi, seulement lui dire quelques mots avec une intonation interrogative. Afin d'entendre une réponse de lui, sur un ton rassurant qui aurait chassé le désarroi laissé par son rêve. Elle se contenta de lui effleurer le bras, geste timide auquel il répondit par une caresse du bout des doigts, sur le dos de sa main.

4

Frédéric s'attardait dans la boutique France Télécom de la rue Claude-Bernard, planté face à une panoplie de téléphones portables qu'il manipulait d'un air sceptique, découragé par leur métamorphose. À ses côtés, une vendeuse beurette l'encourageait avec beaucoup d'enthousiasme à passer à l'acte. En vain. Son indécision et un regard compassionnel de la fille le firent sortir soudainement.

Au kiosque, il acheta la presse et une dizaine de tickets de Millionnaire et XIII à l'effigie du Major Jones, qu'il alla gratter au Sporting ; ensuite il se plongea dans la lecture de la soirée de football de la veille. Arrivé en bas de la dernière page, il laissa *L'Équipe* et monta les autres journaux dans l'appartement. Pour se racheter de sa fuite devant les téléphones, il composa illico un numéro et tomba sur une messagerie : «Michel, salut, c'est Frédéric, jeudi matin. Je suis à Paris. Rappelle-moi si tu veux de ses nouvelles. Je suis encore une heure ou deux à la maison, sinon j'essaierai plus tard.»

Il commençait à vérifier dans le journal les brèves qu'il avait écrites la veille, quand le téléphone sonna. «Ah, salut, Michel... Oh, je t'entends à peine, tu es sur ta moto?... Il y a trois jours... Lioudmila va très bien... Elle ne sort plus sans le manteau astrakan que tu lui as offert, et passe pour une princesse... J'ai aussi une lettre pour toi... Quand tu veux, maintenant si ça te dit... Je travaille cet après-midi, mais on peut boire un coup ou s'envoyer un sandwich... On dit au Royal-Turenne, croisement Francs-Bourgeois, dans une demi-heure?»

Michel lut sa longue lettre, reprit plusieurs pages. À la fin, il leva les yeux vers Frédéric:

«Ton russe est toujours aussi rustique?

— Rustique est peu dire, pourquoi?

— Oh, rien, elle glisse des phrases en russe, que je ne comprends pas.

— Veux-tu qu'on téléphone à Nicole? J'ai son numéro de portable à Moscou. Sinon, je peux appeler une copine, Marjolaine, la photographe de Vu, elle le comprend couci-couça...

— Non, merci. Je me débrouillerai avec mon dico. C'est ce qu'elle a prévu.

— Et toi, qu'est-ce que tu prévois?»

Michel fronça les sourcils :

«Il faut que je fasse un saut au Burundi. Demain peut-être, ou dans les jours qui viennent. Pas long-temps, une commande de *Newsweek*. Ils veulent une histoire sur les combats dans les quartiers popu de Bujumbura, ou dans le Nord, avant une conférence à Dar es-Salaam. C'est jouable, j'ai des pistes, mais à *Newsweek* ils vont trop vite s'impatienter. Comme chaque fois pour l'Afrique. Remarque, c'est pas plus mal, car derrière il y a les vacances scolaires avec les enfants, ski en Suisse, tout est déjà réservé.

— Tes enfants vont bien ? Ils te reconnaissent encore quand tu reviens ?

— Oh, là, pas de problème. Leur mère finira peut-être par ne plus vouloir me reconnaître, mais eux... Tant que je reviens pour les anniversaires et les vacances, ils ne rouspètent pas.

— Ils te prennent pour un héros.

— Ma fille, un peu. Elle vient de temps en temps, et tout doucement elle pose des questions super-graves sur la guerre. Tu ne peux pas imaginer tout ce qu'elle a compris. L'autre jour, elle me demande pourquoi on ne voit jamais d'enfants en groupes. Ou s'il y a tou-jours des gens riches qui deviennent mendiants, et inversement. Ou quel bruit ça fait pendant les bom-bardements, et quel bruit après. Mais le garçon, il s'en fout comme de l'an quarante.

— Ça m'étonnerait. À l'école, avec ses potes, son papa

photographe en plein dans les combats, ses photos qu'on voit dans *Paris Match*, lui-même qu'on voit à la télé…

— Tu te goures. Pour lui, photographe ou marchand de légumes, ou Prix Nobel de physique, c'est du pareil au même. Ça n'a pas plus d'intérêt. Dans sa tête, le monde se divise entre ceux qui tiennent une raquette de tennis et les autres. Et lui il ne lâche pas la sienne, qu'il veut d'ailleurs changer tous les six mois, et il tapisse sa chambre de posters de Roger Federer, Anastasia Myskina et autres filles de la bande russe. Au mieux, il peut admettre qu'on devienne footballeur, et uniquement en Angleterre ou en Italie. L'O.M., c'est déjà ringard. Le reste, zéro. Des photographies, zéro, tant que je n'irai pas en faire sur le central de Roland-Garros. À propos, je ne te l'ai pas dit, il y en a un troisième en route…

— Whaouuh! Pour quand?

— Pas pour tout de suite, on vient juste d'apprendre qu'il est là, bien au chaud. Et toi?»

Devant la grimace de Frédéric qui se mordillait les lèvres, il insista: «Bon Dieu! Quand est-ce que tu t'y mets? Ne te bile pas, tu sais, ceux qui prétendent qu'ils ne peuvent plus aller dans le rififi à cause de leurs enfants sont ceux qui ne voulaient plus y aller de toute façon. Je ne t'apprends rien, la pire des blessures est le regret. Regarde…»

Frédéric redoublant son mordillement et se plissant le nez, il poursuivit:

«Bon, je vois! À part ça, tu te poses quelque temps ou tu es venu changer de pull?

— Certainement pas changer de pull…»

Frédéric s'interrompit, avec nouveau mordillement des lèvres. Michel reprit:

«Où ils en sont là-bas? Ils tiennent toujours? À Paris, c'est dingue, tu as beau lire, tout regarder, tu ne peux rien comprendre. On te montre de temps en temps les scènes de dévastations les plus apocalyptiques. On te montre la misère à Groznyï, la panade dans les casernes russes. Mais où sont les *boïviki* tchétchènes? Maquis, débandade? C'est comme s'ils ne pouvaient faire voir que des bribes d'images à la fois. Aujourd'hui les hôpitaux et le désespoir, hier les ruées de tanks et le boucan, demain peut-être une prise d'otages…

— Tu sais bien comment c'est. Ils veulent montrer aux gens ce qui peut les émouvoir, les secouer. Mais surtout pas ce qui pourrait les perturber, ou pire les opposer. Télés, radios, journaux, tous pareils, ils tiennent au bon sommeil de leurs abonnés.»

Frédéric débarrassa la table et avec son stylo marqua Groznyï au centre de la nappe en papier. À dix centimètres à droite, il inscrivit Gudermes. Il traça une route qu'il borda de bouleaux, vers une frontière où il écrivit Ingouchie, dessina une rivière, des serpentins de routes de montagne, des forêts, des villages; appuya ses explications en dessinant des flèches. Michel regardait et commentait avec lui, il demandait des précisions, prenait à son tour le stylo.

«En fait, depuis que les Russes sont rentrés dans Groznyï, ils ont dispersé les autres dans les montagnes et ils se retrouvent complètement coincés, dit Michel lorsque la nappe fut entièrement barbouillée.

— Le problème des Russes est que dans leur imaginaire le Tchétchène est le guerrier étalon, la forte tête héréditaire. Défier le Tchétchène, c'est montrer qu'on en a. Les Russes savent que le mythe de la terre-mère russe relève d'un passé trafiqué, mais, comme ils n'en sont pas à un trafic près dans le coin, ils s'en foutent.

— Pourtant, ils ne s'en foutent pas de voir leurs gars revenir en caisses de sapin. Rappelle-toi Kaboul. Dans je ne sais combien de temps, ils devront s'en aller la queue entre les jambes, avec une ribambelle de vétérans maudits. Et tout autour de Groznyï l'horizon sera en ruine, aux mains de fantômes. Les *boïviki* seront devenus islamistes; les ados des zombis bien shootés à la poudre ou à la vodka; les filles empâtées ou givrées, les babouchkas chiffonnées par la crainte, l'humiliation, le gâchis. Assister peu à peu au gâchis de sa vie, c'est terrible. On n'imagine pas les dégâts. La soumission, la haine, le découragement. C'est marrant, je n'ai aucune idée de ce que je vais conserver en photos de cette guerre, mais j'ai l'impression de voir déjà mes photos d'après-guerre.

— Et moi, j'ai la certitude qu'ils continuent aussi

d'aller au carton parce que ça leur permet de ne pas regarder ce qu'ils ont déjà perdu.

— Oh, là, tu t'arraches ce matin.

— Et depuis que j'ai compris ça, je me sens mieux là-bas. Un autre café ? Peut-être qu'ils espèrent une forme de miracle, une intervention surnaturelle ; on devient vite mystique dans ce bordel. Et nous, on ne peut plus s'empêcher d'y aller...

— L'autre jour, j'étais invité à une émission de Canal Plus, l'animateur me demande à un moment : si ce n'est ni l'adrénaline, ni le devoir de mémoire, ni la compassion, ni l'argent, qu'est-ce qui vous pousse à vous y rendre ? Je réponds : la violence à son niveau le plus extraordinaire, voire extravagant. C'est fascinant d'essayer de photographier l'extravagance et l'insensé. J'ajoute, ça m'est venu comme ça, je ne sais pas pourquoi, je n'en avais jamais parlé avant : la violence sans exotisme, ni sentimentalisme, comme on ne la voit nulle part. C'était un peu lourdingue de répondre ça, mais pas complètement idiot, non ?

— Je ne sais pas, et qu'est-ce qu'a dit le mec ?

— Un autre invité, un chercheur qui a écrit un essai, me demande : "Puisque vous évoquez un dépouillement, dites-nous ce que vous voulez saisir dans une photo de guerre ?" Il est limite arrogant, je lui réponds : "Un photographe, sur place, doit se poser deux questions. La première est pourquoi il a envie de prendre une photo, là. La seconde est, plus ou moins, qu'est-ce qu'il veut faire de la photo ensuite. Mais ce qu'il veut saisir dans la photo? Ce n'est pas une bonne question. Il sait mieux ce qu'il ne veut pas cadrer dans sa photo que ce qu'il veut cadrer." "Et qu'est-ce qu'il ne veut pas cadrer?" poursuit le chercheur. "Le sentimentalisme, comme je l'ai dit; le style, la morale bon marché. Une idée ou une impression *a priori*. Voilà, il doit éliminer les *a priori* du cadre. Il doit mettre son appareil dans les meilleures conditions pour qu'il attrape une image qui réfléchisse la guerre. Parce que l'appareil va voir ce que lui ne peut pas voir sur le coup." Ça, entre nous, c'est Serge qui l'avait expliqué dans une interview. "Et qu'est-ce qu'une image qui réfléchit?" demande l'animateur. "Une image qui n'obéit à aucune intention, ni à celle des personnages, ni à la vôtre, ni même à la mienne. Car mon intention sera toujours en deçà de ce que je cherche vraiment." Encore des phrases piquées à Serge. "Une image qui soit un monde en elle-même, qui vive par elle-même à partir d'un instant à elle, qui résiste à ma compréhension." Jusqu'ici, c'était pas mal, non? Mais j'ai eu le malheur d'ajouter: "Parce que le photographe sait que tout ira trop vite. Car il ne pensera qu'à une chose, ne pas se faire bousculer par l'événement. Tenir en équilibre et maintenir l'histoire dans l'objectif. Ne pas la laisser filer."

— Et alors?»

Michel éclata de rire.

«Alors, je me suis pris les deux pieds dans le tapis. Et je crois m'être fait enrouler dedans comme il faut. Tout va trop vite sur un plateau de télé. Heureusement, avec un chroniqueur du *Nouvel Obs*, ils se sont mis à parler de représentation simplifiée de la guerre. Ou simplificatrice, je ne sais plus. De mythes guerriers, de mythification par l'image; et les voilà partis à parler de mystification, cette fois, des conflits et de l'Histoire… Choses qui volaient au-dessus de ma tête…

— À part ça? Qu'est-ce que tu vas faire avec Lioudmila?

— Aller la voir bientôt, comme je te le disais. Mais je ne sais pas encore quand.

— Pour lui dire quoi, si ce n'est pas indiscret?

— Ce n'est pas indiscret, mais c'est prématuré. Je ne sais pas bien.

— L'improvisation, rien de tel là-bas.

— Ce n'est pas toi qui vas me le reprocher, non? À Sarajevo, tu ne me semblais pas…

— Laisse béton. J'aime bien Lioudmila, c'est tout.»

Michel et Frédéric s'étaient croisés pour la première fois à Naplouse, une douzaine d'années plus tôt, à la terrasse d'un café du bazar. Michel était attablé en compagnie d'un autre photographe. Frédéric avait débarqué la veille à Jérusalem, pour son premier séjour en Cisjordanie. Il les vit qui fumaient des cigares.

«Calme aujourd'hui? avait-il demandé, perplexe.

– C'est encore trop tôt, avait répondu Michel en regardant sa montre. Dans un moment, vers dix heures, dix heures et demie, quand il y aura deux ou trois voitures de plus, ils vont s'y mettre. Pose-toi avec nous et commande un café loukoum. Le meilleur d'ici à Amman.»

Il avait repris avec son copain une conversation sur la difficulté de bien choisir ses Cohiba avant les départs en reportage, selon l'humidité de l'air et des chambres d'hôtel qui les attendaient. Une heure plus tard, entendant un bruit de voitures, il avait commencé à préparer ses objectifs. Et soudain, des pneus enflammés dévalèrent du haut de la ville. L'instant d'après, des jeeps grillagées d'une patrouille israélienne déboulèrent, d'où sortirent des militaires, Uzi en main : ils entreprirent de rafaler en direction des lanceurs de pneus, qui se reconvertirent en jeteurs de pierres, de ruelle en ruelle. Les deux photographes s'étaient déjà précipités, pour travailler sous le porche d'une savonnerie.

Mitraillages, cris, odeur de caoutchouc brûlé, l'affrontement dura jusqu'au milieu de l'après-midi, laissant sept gamins blessés au milieu d'un attroupement. La sacoche de Michel, déposée au pied de la table, fut percée d'une balle. S'en apercevant, ce dernier piqua une brève colère. Les journalistes attendirent le démarrage des jeeps, rentrèrent à Jérusalem et passèrent la fin de la journée à bavarder dans le jardin oriental de l'American Colony, hôtel situé entre le tombeau des Rois et la rue Saladin, dans la ville palestinienne.

Plus tard, lors des bombardements de Beyrouth, Frédéric remarquerait que Michel parlait de cigares uniquement dans les périodes de tension ou d'épuisement. Il montrait alors une érudition encyclopédique, comme d'autres à propos de vin ou de musique d'opéra. Un jour que Frédéric se moquait de lui, Michel lui répliqua :

« C'est la guerre qui oblige les reporters à ressembler à des caricatures de reporters de guerre. Nous sommes les plus empégués dans la mythologie parce que nous avons l'objectif scotché sur la violence, et vous juste derrière nous avec vos calepins. Nous n'avons pas de distance, pas de temps pour composer. Nous coltiner avec ces images trop violentes sur l'instant, puis avec les images fantasmatiques qui ne manquent pas de germer dans nos cervelles, c'est déjà bien assez, pour ne pas nous soucier de l'image que l'on donne de nous-mêmes. Cela dit, je suis sûr que les toreros ressemblent aux caricatures de toreros. Idem pour les divas d'opéra, et pour tous ceux qui mouillent avant d'aller au contact. Entre nous, caricature pour caricature, la nôtre n'est pas la moins sympa, non ? »

5

Quand Frédéric arriva au journal, le canevas des pages du lendemain était posé sur son bureau. Il fit des bises aux filles du plateau, ramassa quelques magazines sur la table de documentation. En examinant son plan de la séquence Étranger, il lança à l'adresse de Philippe :

« Guatemala con carne, tard… Tu ne confonds pas ? Ça veut dire quoi ?

— Ouais, un peu lourd, je reconnais, répondit ce dernier. Ça signifie l'envahissement de la ville par des dizaines de milliers d'éleveurs et leur bétail. Une grève générale et des manifs prévues dans tout le pays. Cinq feuillets aux alentours de vingt et une heures, envoi e-mail par notre pigiste.

— Le Guatemala ! On redécouvre l'Amérique latine dans ce journal ? Et qui est notre nouveau Christophe Colomb sur place ?

— On ne t'avait pas prévenu ? Les persiflages sont

désormais punis d'amendes, s'exclama en riant Martine.

— D'ici qu'on redécouvre l'Inde…

— Et la guerre au Cachemire, peut-être aussi? Tu crois qu'on ne te voit pas venir? Amende, une!»

Frédéric connecta l'ordinateur sur le fil des agences, appela le mot-clef Guatemala et entama la lecture des dépêches qui se succédaient depuis l'aube. En même temps, il appela Teresa, une copine guatémaltèque d'Emese, traductrice elle aussi. Il l'avait rencontrée un été à Arles, où il était allé rejoindre Emese au Collège des traducteurs littéraires. Dans la journée, Emese et Teresa travaillaient dans la bibliothèque, tandis que Frédéric et le copain de Teresa sillonnaient la Camargue pour observer les taureaux autour des étangs et les filles aux terrasses sur les places de village. Le soir, ils se retrouvaient pour le pastis, Emese portait des robes provençales années cinquante, achetées dans une friperie de la ville.

Frédéric discuta avec Teresa de Guatemala Ciudad. À l'époque du Salvador, il y faisait halte à chacun de ses reportages, dans l'attente d'une correspondance ou d'un compagnon de route, logeant toujours à l'hôtel Ciudad Vieja, une bâtisse à colonnades dont les chambres entouraient un jardin tropical sous l'autorité de perroquets et dans lequel trônait un bar en demi-lune.

Pour lui et de nombreux journalistes, ce jardin devint un antre d'où il ne sortait pas jusqu'au départ vers l'aéroport ; car à l'aller, dans l'attente d'un vol de fortune à destination de San Salvador, il était trop nerveux pour se balader ; et au retour il se sentait trop crasseux, trop cassé par des scènes de fusillades pour sortir en ville. *A fortiori*, il n'éprouva jamais l'envie d'aller se balader en pays maya avec des confrères, après ce qu'ils avaient vécu ensemble au Salvador, de crainte d'entendre la continuation des récits de combats, ou pire, des combines de notes de frais, dans un décor de vestiges indiens. Et il eût été impensable de demander à Emese de venir.

Pourtant, Emese le rejoignait souvent à la fin de reportages sportifs. À New York plusieurs étés, à l'*open* de Flushing Meadow ; à Lexington pour le Kentucky Derby, où elle se coiffa d'un superbe chapeau à rubans. Une fois, à l'occasion d'un championnat du monde poids lourd, ils allèrent à Las Vegas ; et là, par hasard, dans l'atrium en stuc du Caesar Palace, ils se retrouvèrent assis en face de Mohammed Ali, vêtu d'un costume blanc, accompagné de sa fille et de sa cour. Sans motif apparent, mais les yeux rieurs, Mohammed Ali, d'un geste d'une lenteur infinie, tendit la main vers Emese, qui ignorait tout de sa maladie. Emese sourit de surprise, regarda l'entourage qui attendait, prit cette main dans la sienne et la teint immobile un moment, jusqu'à ce que le champion esquisse un geste de retrait. Bouleversée, elle refusa de laver sa main pendant une semaine.

Une autre année, Emese vint à La Nouvelle-Orléans. Ils logeaient au Saint-Pierre, rendez-vous des planteurs de coton avant *Autant en emporte le Vent*, et visitaient chaque jour les bayous et les demeures louisianaises, rêvant la nuit de leur future progéniture. Elle le retrouva aussi à Bari après la Coupe du Monde de football, avec la Peugeot bleue qui attirait tous les soirs un cercle d'admirateurs sur la Piazza Federico II di Svevia où ils prenaient l'apéro.

En Normandie, à la suite des 24 Heures du Mans de moto, tandis qu'ils vadrouillaient dans les bocages, Frédéric bifurqua sur une route communale qui les mena au fond d'un parc, face à une demeure de pierre rouille embellie d'un escalier de marbre. Le manoir des Elfes, propriété de Guy de Maupassant, habité par Gustave Flaubert, où Jacques Anquetil avait installé sa tribu à la fin de sa vie. Frédéric se souvenait qu'Emese avait déchiffré le français dans des romans de Flaubert en Hongrie. Ils s'enfoncèrent dans la forêt du domaine ; Emese récitait de mémoire des passages d'*Un cœur simple* et de *Madame Bovary*, Frédéric racontait les frasques du champion, son obsession religieuse de la montre, les prédictions du mage, le méchoui sur le Tour de France et autres esbroufes légendaires. Ils se blottirent dans un abri de chasse où ils entendirent des grognements de sangliers, observèrent les étoiles, firent l'amour, et somnolèrent jusqu'à l'aube.

Mais Emese ne vint nulle part après une guerre, même longtemps après, au Liban ou au Sri Lanka par exemple, comme il le lui avait proposé, car elle ne voulait pas «entendre parler de ces pays de bazar». Tandis qu'il triait les dépêches, Frédéric décida de lui proposer des vacances chez les Mayas.

«Frédéric, tu as vu que le Premier ministre congolais avait démissionné?

— Oui, je viens de le voir passer sur le fil, il s'est fait piquer la main dans un gros sac de subventions onusiennes. Et alors?

— Tu me gardes deux feuillets d'actus, je te les envoie tout à l'heure.

— Deux feuillets? Pour une bêtise de pot-de-vin au Congo? En plus dans un pays où l'on ne boit que de la bière?

— C'est ça, la nouvelle démocratie africaine, mon pote. Les choses bougent pendant que tu vas faire le barjo...

— Okay. Je marque: deux feuillets et demi, Pierre. En tête de colonne, je suppose.»

Le visage d'Anne-Cécile apparut à côté de son ordinateur:

«J'en profite pour prendre mon tour. Tu as vu la dépêche sur La Haye?

—Oui, l'arrestation imminente de l'ancien colonel de Foča. Le gars qui jetait les Musulmans dans la Drina par-dessus le pont...

—Il faut que ce soit dans le journal.

—Si on attendait qu'ils envoient au moins une fois un vrai commando pour le crocheter? Depuis le temps qu'ils l'annoncent pour rien...

—Si le procureur s'exprime en personne, autant anticiper.

—Tu ne préfères pas une voiture piégée à Melbourne?... Quelqu'un veut-il une autre brève? M'en reste cinq ou six. Une photo légendée? Ou que je lui ramène un café? Je monte au hublot.»

Un étage plus haut, à la cafétéria, Frédéric trouva Jacques et Jean-François, dits Jacky et Jeff.

«Ah, Frédo, c'est donc bien vrai ce qu'on disait.

—Qu'est-ce qu'on disait de vrai?

—Que tu avais vu de la lumière en passant, et que tu étais venu faire un tour pour nous payer une bière.»

Tous les trois allèrent s'asseoir, une canette à la main.

«Pour le Prix d'Amérique, Jeff, tu vois qui dimanche? demanda Frédéric. Encore ton chéri aux trois balzanes blanches de l'an dernier ? Tu avais titré balzanes de trois, balzanes de Roy, non ?

— Figure-toi qu'on parle d'un Azéri ! Véridique, c'est la nouvelle qui émoustille tout le turf cette saison.

— Un cheval azéri dans la montée de Gravelles ? Mais dans ces pays-là, ce sont des chevaux de steppes. Râblés comme ceux d'Attila, poilus jusque par terre.

— Non pas un cheval azéri. Un proprio azéri, qui a fait son chemin jusqu'ici.

— Tiens ! Quel genre ? Un magnat des pipe-lines ? Ou un magnat des filles qui tapinent sur les boulevards extérieurs ?

— Personne ne le connaît vraiment. Il a acheté les boxes d'une ancienne famille à Grosbois et il a embauché un super-entraîneur finlandais. On le sait dans le pétrole, région du Caucase. Et dans la Kalachnikov. Il aurait fait fortune en Afghanistan, puis dans ton coin, entre Bakou et Groznyï. Une chose certaine, il a payé cash une vingtaine de trotteurs.

— Tu l'as rencontré ?

— On l'a souvent aperçu au restaurant de Vincennes cet hiver. Toujours au bras d'une blonde à tomber à la renverse.

— Une longue top model aux yeux gris-bleu ?

— Non, plus petite mais les yeux comme tu dis. Une ancienne gymnaste, médaille d'or aux Jeux, son nom te dirait quelque chose. Les deux tourtereaux se déplacent en permanence entourés d'une bande de gaillards. Tous en cravate, blousons de cuir, jeans, godasses italiennes ; polis mais pas causants, brutaux si on approche trop près, des tronches d'alcoolos. »

Frédéric médita qu'il ne verrait pas la course s'il emmenait en balade Emese.

« Tu penses qu'il peut gagner ?

— Il a un cheval à se friser les moustaches. Du sang d'Harold du Vivier, des gaz d'enfer dans le dernier virage, assez cabotin pour faire tout l'extérieur au dernier Prix de Belgique. Le problème, c'est le driver, un nom en ov, il est de la zone aussi. Et à Grosbois, on se fiche de qui achète quoi, mais on aime bien parler normand sur les sulkys, omerta du bourrin. De toute façon, si le peloton lui ferme la porte cette année dans la montée de Gravelles, ce sera pour l'année prochaine. Il ne sera plus isolé. Azéris, Ukrainiens, Russes bien sûr, ils ne se retiennent plus dans les ventes aux enchères, ils commencent même à souffler des pur-sang au nez des Qatari.

— Le jour où ils achèteront les clubs de foot comme les milliardaires russes, on va rigoler.

— Figure-toi que cet Azéri a déjà des joueurs sous contrat. Dont quelques pointures dans des grosses équipes, Lyon, l'Inter, Liverpool. Des gars qu'il fait signer avec des valises de billets dans les petits clubs d'Europe orientale, Roumanie, Moldavie, Bulgarie. En fait, ils prennent les footeux là où ils prennent les filles des trottoirs, en package. Un jour, ils iront prospecter en banlieue. »

Jacky se leva pour aller chercher trois nouvelles canettes :

« Et au fait, sa casaque ? Parée d'une Kalachnikov, d'une fille en soutif ?

— Tu rigoles. Je te le donne à dix contre un... Des petits derricks rouge et noir sur fond blanc. Très tendance... »

Lorsque Frédéric revint s'asseoir à son bureau, un silence tendu régnait entre les ordinateurs.

« Frédo, tu as vu l'heure ? demanda Anne-Cécile en levant le nez en direction de la pendule sur le mur. Ce n'est pas sympa. On accumule les retards sur toute la séquence. À l'édition, ils gueulent comme des putois et ils ont raison. Il nous manque tes brèves pour boucler trois pages. Tu vois ce que je veux dire ? »

Frédéric retroussa ses manches en guise de réponse, et disparut derrière son écran.

Emese se leva de sa table lorsqu'elle entendit le choc léger du casque posé sur l'étagère.

« Ce soir, cinoche ou DVD ? » lança-t-elle.

Frédéric réfléchit un instant, la regardant. Elle portait un collier de turquoises sur un col roulé en cashmere, et des bas résille. Sa bonne humeur rayonnait.

«Pourquoi? demanda-t-il.

— Si c'est DVD, je mets une székelygulyàs aux poireaux sur le feu. Si c'est cinoche, je ne sors que le fromage. Vu l'heure…

— Tu le croiras ou non, mais ce soir je n'ai pas traîné. Le pire est qu'il ne se passait rien de terrible; mais tout allait de traviole, des articles qui arrivent sans ponctuation, le mec de Washington qui ne se réveille pas, un humanitaire allemand peut-être pris en otage à Karachi, je sors à peine.

— Ça se voit, tu as les yeux rougis par l'ordinateur. Bon, székelygulyàs aux poireaux, et DVD si on a encore envie, ça marche?

— Et ensuite fille ou garçon?»

Elle se retourna, hésita un instant:

«Pardon?»

Tous deux esquissèrent une mimique identique des lèvres, expectative complice. Elle lui tendit un tire-bouchon et une bouteille de saint-estèphe, il fit lire l'étiquette à la minette en sifflant et choisit deux verres en cristal.

Emese dormait les cheveux éparpillés autour de la tête sur l'oreiller qu'elle tenait de ses mains. Les lèvres fermées, la poitrine immobile, le visage silencieux, elle ne semblait jamais respirer dans son sommeil.

Frédéric la contempla longuement, puis regarda le plafond. Le vin et l'amour l'avaient plongé dans un rêve heureux. Des klaxons l'en avaient sorti aussi brusquement. Il referma les yeux, mais le vacarme l'insupporta. La minette, qui savait qu'il ne se rendormirait pas de sitôt, s'était couchée sur son ventre et ronronnait.

Afin d'atténuer l'ennui qui l'attendait et la résurgence de sombres pensées, il décida de se projeter mentalement un film, comme un copain anglais le lui avait enseigné. Dan l'avait initié à cette pratique à Bassora, où ils partageaient une chambre. Correspondant de guerre à l'*Evening Standard* depuis celle d'Indochine, il avait appris, grâce à l'opium et à des pratiques mnémoniques inspirées du yoga, à s'imprimer mentalement des films chez lui à Londres, pour ensuite se les projeter intégralement sur son matelas, n'importe où en voyage, dans une chambre d'hôtel partagée avec des confrères, dans une ville ravagée, au fond d'une cave ou sous une tente.

Bénéficiant de l'expérience de Dan mais non de l'opium, Frédéric ne parvenait pas à les mémoriser avec autant de précision, mais tout de même assez pour meubler ses insomnies. Comme d'habitude, il hésita entre *L'Homme qui tua Liberty Valance*, « Quand la légende devient réalité, imprime la légende ! », *La Rivière sans retour* et *L'Homme des vallées perdues*. Il choisit ce dernier, le plus facile à se projeter, grâce à la première scène, l'arrivée de Shane, en veste de daim frangée, au trot sur son cheval du fond d'une vallée jusqu'à la barrière de la ferme de la famille Starett. Mais les bruits d'ici n'étant pas ceux de là-bas, les klaxons dans la rue lui portèrent de plus en plus sur les nerfs, l'empêchant de se concentrer.

De temps en temps, la main d'Emese venait le toucher à l'épaule, à la hanche, comme si elle vérifiait mécaniquement quelque chose, et elle agrippait de nouveau l'oreiller.

«Mal dormi, brouillard dans la tête, humeur incertaine, diagnostiqua Emese en posant le plateau du thé.

— Comment devines-tu?

— Pourquoi tu ne te bouchonnes plus les oreilles avec ces petites choses en mousse?

— Je ne peux tout de même pas vivre avec ça tout le temps que je passe à Paris. Tu es la première à trouver ça grotesque.

— Disons que dormir avec quelqu'un dont les oreilles sont calfeutrées par des bouts jaunes qui dépassent, ça fait bizarre.

— Il faut que je décroche. Ce sont ces coups de klaxon. Je ne sais pas comment vous faites.

— Je croyais que là-bas les bombardements redoublaient toutes les nuits.

— C'est bête à dire, mais je m'adapte dix fois plus facilement aux obus qu'aux klaxons. Ça fait plus de boucan mais c'est plus soutenu. Quand c'est parti, on...

— Oh, non! Pas ce cliché, s'il te plaît!»

Il n'eut pas à chercher une réplique, Emese était déjà en train de saisir son sac à main dans le salon.

6

Trois routards, deux garçons et une fille, s'étaient installés sur un banc vermoulu, dans la quiétude du square Georges-Caïn, sous le regard d'une ravissante jeune femme en bronze et, sans le savoir, à l'abri du fronton Saint-Fargeau, symbole du Temps destructeur.

Des pigeons, décatis et plus sales que les trois squatters, sautillaient à leurs pieds, à l'affût de miettes d'un pain posé entre des bouteilles de vin et des bardas. Au-dessus, dans les branches sèches d'un orme gigantesque, des corneilles moins fébriles mais non moins vigilantes attendaient leur tour.

Aux beaux jours, les uns et les autres seraient chassés de ce charmant jardin du Marais, à deux pas du musée Picasso, pour laisser place aux jeunes mamans bobos, ou à leurs bonnes, qui surveillent les enfants s'ébattant sur la pelouse ou concourant dans les allées sur leurs trottinettes gris métallisé. Mais en cette matinée d'hiver ils profitaient de la lumière douce d'un soleil qui, par-dessus les toitures d'ardoise, éclairait la façade ocre d'en face.

Leurs visages, bien que bouffis et rougis d'alcool et de froid, indiquaient la jeunesse du trio. La fille était vêtue d'un gilet en treillis militaire par-dessus un volumineux chandail ; ses deux camarades portaient des pantalons du même tissu verdâtre et des blousons bardés de chaînes. Ils discutaient ou se disputaient, difficile de savoir au ton éthylique de leur voix, dans une langue qui intrigua Frédéric car elle devait provenir d'Asie centrale.

Ils le saluèrent en lui tendant une bouteille, firent mine d'allumer une cigarette. Mimant celui qui ne fume plus, Frédéric sortit de sa poche des billets qui provoquèrent des exclamations joyeuses. En échange, il accepta un coup de rouge. Il demanda : « Ouzbékistan ? » Ils s'écrièrent : « *No, no, Azerbajdzanskaskaja. Da, da. War. Azerbajdzanskaskaja no good. Krieg.*

— *Armenia ?*

— *Da, da, Armenia, very bad war, people killed. No end. Musika finished, show bizness finished, artists kaputt.*

— *Are you musicians ? Rock, classic ?*

— *Da, yes. Rock, classic, folk song. War against musicians. Milicia. No light, no concert, no dollars. Everything destroyed. No musik, no futur.*

— *Okay, so… good luck,* bonne chance ! »

Ils se tapèrent dans la paume.

« *Da sidaniya.*
— Spassiba raracho ! Da skorava... »
Et ils se quittèrent sur ces joyeuses exclamations
d'au revoir.

Frédéric était venu dans ce square parce qu'il se
souvenait seulement être parti de là, un jour où il avait
découvert par hasard des montres anciennes dans la
vitrine d'une horlogerie du quartier, et espérait ainsi
la retrouver. Il avait envie d'offrir un cadeau à Emese
le soir même, en préambule à ce qu'il avait à lui dire.
Comme Emese ne portait plus de montre depuis la
perte d'une Lip, jadis offerte par une correspondante
française lors d'un voyage scolaire entre Besançon et
Szeged, il cherchait une montre à remontoir identique.
De mémoire, Frédéric descendit la rue Payenne en
direction de l'hôtel de Sully. Il déambula, étonné par
autant de nouvelles boutiques chics, avant de retrouver l'atelier, dans la rue de Jarente.
Lors de leur première rencontre, l'horloger s'était
présenté comme un collectionneur de montres portées
par des acteurs sur des tournages de films. Il reconnut
Frédéric, le questionna sur Emese, sa taille, ses yeux,
ses préférences vestimentaires et, sans insistance, lui
demanda des précisions sur le motif du cadeau. Puis il
disparut quelques minutes dans son arrière-boutique

et revint tenant en main une montre ronde et dorée, aiguilles et chiffres stylisés, qu'aurait portée Catherine Deneuve dans *Le Dernier Métro*. Frédéric fut certain qu'elle allait lui plaire, mais déçu d'entendre : « Bon, je vous la prépare, revenez la prendre dans trois jours », qui sapait son projet de face-à-face pour le soir.

Il entra dans la cour pavée de l'hôtel de Sully, attiré par l'affiche d'une exposition photo d'Edward Curtis, dont il connaissait par cœur le livre de portraits, en couleur sépia, de chefs indiens, de guerriers et chasseurs, de la fin du XIXe siècle. À la sortie de l'expo, il fit provision de reproductions en format carte postale.

Dans la rue des Rosiers, face à la vitrine de l'épicerie Goldenberg, il tomba en arrêt sur quatre rangées de bouteilles de vodka entre saucisses, bacs de harengs et bocaux de cornichons. Frédéric n'était pas amateur de vodka, mais elle lui était devenue familière au fil des voyages. Aussi s'étonna-t-il de voir ici des marques rares, de Silésie, Laponie, Lituanie, Pologne évidemment, et d'autres pays à patates, parmi lesquelles, ce qui le stupéfia, l'étiquette du célèbre label tchétchène : un chapeau feutre noir à large bord, sur fond vert et lettres argentées. Cette vodka, la Dardza-Nyanilgue, prohibée depuis 1944, année de la déportation ordonnée par Staline, n'avait cessé, depuis, d'être distillée dans la clandestinité, troquée sous le manteau tel un samizdat en bouteille, mythique dans les fêtes à Groznyï.

«Simple curiosité, comment vous l'êtes-vous procurée? demanda-t-il à la vendeuse qui lui enveloppait la bouteille avec précaution.

— Oh celle-ci, comme beaucoup de raretés, provient d'une donation, répondit-elle. Un vieux monsieur du quartier originaire d'Odessa. Il venait déjeuner chaque samedi depuis cinquante ans. Avant sa mort, il s'est disputé avec ses enfants et a légué sa cave au restaurant. Dans les caisses, on a retrouvé des bouteilles précieuses. Vous avez de la chance, de cette marque, c'est la seule.»

Elle le regarda de ses yeux bleu slave et fronça les sourcils d'un air intrigué:

«Vous avez peut-être des amis tchétchènes?

— Ça oui! De très bons amis. Et qui ne sont pas près de pouvoir venir ici par les temps qui courent.

— Alors, shalom sur eux, que cette bouteille vous porte chance, en plus!»

Frédéric, qui ne pouvait renoncer à l'idée d'un cadeau pour Emese, décida de se rendre aux Galeries Lafayette. Dans le hall rococo, dont il avait oublié la cohue et les éclats de lumière, il se sentit accablé. Résistant à fuir, il prit l'escalator jusqu'à l'étage des vêtements pour hommes et, instinctivement, se rendit au rayon des parkas. Il en sortit une pour examiner les poches où glisser passeport, carnets, enveloppes de dollars, tâta les nouvelles doublures polaires... Et, d'un coup, se sentit pathétique en pensant à la douzaine de modèles similaires accrochés dans sa penderie.

Emese s'était installée à la table du salon pour travailler le manuscrit d'un ethnologue marocain assis à son côté. Elle avait préparé du thé et allumé la chaîne sur France Musiques. Elle aimait ces après-midi de travail, quand l'appartement lui était réservé. Mais elle ne fut pas contrariée par l'arrivée de Frédéric.

« *Libé* a téléphoné, ils veulent que tu les rappelles, lui dit-elle d'emblée, tandis qu'il serrait la main de son client.

– Tiens ! »

Frédéric fronça les sourcils tandis que l'ethnologue se rasseyait.

« Tu te souviens qui ?

– Un Jean-François, je crois, j'ai noté le numéro sur le papier. »

Il ferma la porte de la chambre.

« Ah, sympa d'appeler si vite. Dis donc, si je te dis Boszik, qu'est-ce que tu réponds ?

– Boszik ? Josef ? Distinction, coup d'œil, la passe transversale la plus renversante du monde. Dans la grande équipe de Hongrie, ce qu'on faisait de mieux à l'époque.

– Tu ne serais pas de parti pris, par hasard ?

— Boszik, Kocsis, Puskas, Czibor. Le match du siècle, 6 à 3 contre les Anglais à Wembley. Puis la défaite tragique de la Coupe du Monde en 54. À part les Brésiliens juste après, on n'a jamais mieux fait courir le ballon.

— Et si je te dis Didi Waldyr Pereira ?

— Didi ? Je réponds Vava, Garrincha, Santos. Basculements de jeu, accélérations, passes au millimètre dans les pieds, et ces coups francs en feuilles mortes ! Aux origines de la légende brésilienne. Boszik, Didi, plus tard Maradona, Platini, Ronaldinho, ceux qui composent le jeu...

— Et tu fais quoi cet après-midi ?

— Rien de particulier, pourquoi ?

— Figure-toi que le ministère de l'Intérieur hongrois a déclassifié ses archives de l'époque de la *glasnost*. Ça vient de tomber sur le fil. Et on y a trouvé une correspondance entre Didi et Boszik précisément, dans les années cinquante. Sur l'art de faire jouer le ballon pour déstabiliser l'adversaire. Des lettres d'anthologie à première vue. Au point que les services secrets hongrois avaient cru à de l'espionnage de guerre. Tu passes au journal écrire l'histoire ? On a réservé une dizaine de feuillets, plus si tu tiens la forme. Mais le plus tôt possible, c'est dans les pages de mag.

— J'arrive. »

Emese se leva soudainement lorsqu'elle le vit sortir, son casque à la main et son écharpe autour du cou. Elle en fit le nœud et l'embrassa sur le nez.

« Tu m'appelles ?
— Oui, madame. »

Dans le garage où ils avaient aménagé les locaux du journal, les architectes avaient transformé l'ancienne rampe d'accès en colimaçon ; elle distribuait désormais les plateaux des services. Celui des Sports se situait vis-à-vis du service Étranger, bénéficiant d'une vue panoramique opposée sur les toits de Paris. Frédéric aimait y passer pour regarder des matchs avant le bouclage, participer au concours de pronostics, boire le pastis ou, parfois, comme aujourd'hui, donner un coup de main.

À lire les dépêches, cette correspondance entre deux des plus fameux esthètes du football, déchiffrée à contresens par les cerveaux paranoïaques des services secrets hongrois, était étonnante. Dans une lettre, Josef Boszik écrit : « Hier l'entraîneur en chef nous a annoncé les nouvelles décisions du ministre. Nous n'attaquerons désormais qu'à trois devant. Au début, nous avons cru à une plaisanterie, mais nous avons immédiatement débuté des entraînements adéquats. Les Allemands ont déjà réduit leurs offensives à deux. Et l'on dit que les Italiens se préparent à une attaque avec un seul avant de pointe ; une stratégie qui viendrait de la région de Milan. Je me demande comment on peut imaginer gagner de cette façon… Quel dommage que la guerre nous ait interdit de jouer une fois dans la même équipe. Toi à gauche, moi à droite, avec des buteurs comme Pelé, Garrincha ou Puskas devant. L'autre jour, un diplomate a réussi à nous faire passer clandestinement un film de votre dernier match. Moi, c'est Garrincha que j'aurais préféré lancer devant : sa façon d'écarter le jeu à l'aile, ses dribbles au pas près du corner, ses contretemps magiques… »

À quoi Didi répondit : « Ce que tu m'écris sur les Italiens est inimaginable. Quand je l'ai lu aux frères Santos et à Gilmar, ils ont rigolé. Ils disent que chez vous on parle du foot comme de la guerre. Quelle bêtise. La guerre, c'est de ne pas pouvoir jouer au foot… Toi et moi ensemble ! Ta description de Garrincha est exacte. Il est le plus dangereux parce qu'il joue nature, enfantin… Il n'entend aucune consigne… »

Frédéric laissa un message sur le répondeur du correspondant du journal à Budapest, tenta de téléphoner à un copain de *L'Équipe* qui connaissait le foot brésilien comme sa poche, posa son cahier, ouvrit *La Fabuleuse Histoire de la Coupe du Monde*.

Il jubilait à l'idée de se plonger dans ces années exaltantes. L'épopée de l'équipe hongroise, c'est Magritt, la copine d'Emese, qui la lui avait racontée à travers les souvenirs de son père, alors médecin sportif. Quant à l'aventure de l'équipe brésilienne, il en avait rêvé toute son enfance, depuis une trouvaille faite par hasard dans un grenier.

C'était à l'âge de sept ou huit ans, un été. En escaladant les poutres, dans la maison de sa grand-mère, il était tombé sur une pile de la revue *Miroir Sprint* des années cinquante, laissée là par les enfants des gardiens ou des précédents propriétaires ; la collection était couverte de fientes d'hirondelles. Par la suite, chaque été, quand Frédéric pouvait s'échapper, il montait lire et relire sous ce toit, année après année. Il était emporté par les prouesses magiques de Didi, Garrincha, des frères Santos ; Josef Boszik, Puskas, Di Stefano ; il se passionnait pour celles de la diva Ray Sugar Robinson et du cinglé Rocky Marciano ; il découvrait la redoutable Larisa Latynina qui tuait ses rivales du regard avant de s'élancer sur la poutre, Vladimir Kutz – l'idole des kolkhozes –, les charmeuses Wilma Rudolph, sur la piste, et Patricia McCormick, dans l'eau ; les dramatiques frères Rodriguez dans leur Maserati, l'inséparable paire Ken Rosewall - Lewis Hoad…

Un jour qu'il discutait de l'élégance de cette «Belle Époque» du sport avec le chef du service Cinéma, celui-ci lui avait fait remarquer qu'elle correspondait à une période comparable et tout aussi bénie du cinéma, celle du crépuscule du noir et blanc, celle des grands chefs op, des stars repliées et mystérieuses, et de la dynastie des seconds rôles fabuleux. Il lui expliqua le classicisme dans le jeu, son apogée à l'écran et dans le stade au lendemain de la Seconde Guerre mondiale, une liberté particulière des héros, nourrie des déchirures de la guerre et aussi des attitudes de refus qui en découlèrent et qui durèrent jusqu'à l'éclatement de guerres contemporaines, au Vietnam, en Algérie, en Irlande.

Frédéric cessa de regarder des photos et alluma l'ordinateur.

7

Le froid de la nuit saisit Emese lorsqu'elle quitta son école de danse, la peau encore mouillée par la douche. Elle sortit son téléphone mobile et lut un texto de Frédéric : «Après le Cotton Club, China Club ?», émis d'un téléphone emprunté.

Le China Club se situait quelques rues plus loin, à Ledru-Rollin. Emese aimait l'endroit et se mit en marche à vive allure. Lorsqu'elle poussa les battants laqués noirs et accrocha son manteau, elle arborait un visage joyeux. Dans le clair-obscur de la salle, elle repéra Frédéric, assis à la courbure du bar, qui lui avait gardé un tabouret malgré l'affluence.

C'était l'un des plus agréables bars «américains» de Paris, haut, long, en bois magnifique, d'un charme vernissé ni trop majestueux ni trop cossu ; l'atmosphère leur semblait sympathiquement chic.

Frédéric était en train de bavarder avec Rajiv, l'un des barmen, lorsqu'elle le surprit d'un baiser derrière l'oreille.

D'un geste du dos de la main sur sa joue, elle apprécia la fraîcheur de son rasage, il rapprocha le tabouret.
«Alors? C'était bien? Salsa, hip hop?
—Je suis épuisée, le prof est déchaîné, répondit-elle. Il s'est mis dans la tête de nous embringuer dans une espèce de comédie musicale. Depuis, c'est répétition sur répétition.»

À l'origine, Emese, qui valsait avec grâce depuis son enfance — polka, mazurka, viennoise —, avait entraîné Frédéric dans une école de danse de salon, afin qu'il puisse la faire tourner dans les fêtes ou les mariages, au lieu de s'ennuyer à bavarder debout un verre à la main, le plus souvent de sport ou de journalisme. Ils commencèrent chez Georges et Rosy un apprentissage prometteur. Frédéric n'était pas ridicule avec une fille dans les bras, mais l'ambiance soirée dansante de la salle le gênait. Assez vite, il prétexta ses voyages pour multiplier les défections et, peu à peu, abandonner. Alors, Emese opta pour une salle américaine dans le Marais; elle prit un autre plaisir en s'orientant vers des danses jazzy ou modernes, qui de surcroît la dispensaient des séances de piscine ou de gym-club.

«Une petite coupe pour vous aussi? demanda Rajiv en serrant la main d'Emese.

—Non merci, je meurs de soif. Plutôt une bière, s'il vous plaît.»

Emese et Frédéric trinquèrent.

«Ça aurait pu être son anniversaire ces jours-ci.

—Je sais, répondit vivement Emese. Et quoi?

—Je sais que tu sais. Je ne voulais pas dire… Ce n'est pas tabou d'en parler, non?

—Frédéric, moi cela m'embête.

—Écoute, partout ça arrive. C'était comme une énorme malchance, voilà… Et puis de nouveau… Là-bas…

—Laisse là-bas où il est.

—Comme tu veux. Tu vois, c'est pas le bon moment d'en parler, et à la fois, c'est le bon moment. Je ne sais pas comment te le demander… Pourquoi on…

—Eh bien, ne le demande pas. Une autre fois… S'il te plaît.

—Mais tu ne sais pas ce que je veux te dire!

—Non? Peut-être pas.» Emese rougit. «En tout cas, je sais que c'est le mauvais moment.»

Frédéric balbutia, et renonça; sous l'emprise de la déception, il hésita à bouder. Emese lui sourit. Il lui caressa le bout du nez. Tous les deux appréhendaient la gêne qu'aurait suscitée un silence.

«Quelle nouvelle de Magritt? demanda Frédéric.

—Elle trépigne toujours au sujet de son projet de galerie. Cela n'avance pas vite et tu la connais. Mais elle va bien, sa revue aussi. Et elle bosse énormément au Centre culturel hongrois. Elle s'occupe de rencontres, d'expos, d'accrochages. Elle est dans son truc.

– Uniquement des artistes?

– Non, comédiens, écrivains, séjours à Paris, à Budapest. Elle papillonne.

– Elle a trouvé une solution pour ses problèmes de papiers?»

Emese rit: «Frédéric. On n'a plus besoin de carte de séjour, ni de carte de travail. Nous sommes des Européens pareils que vous. Même moi, figure-toi, j'ai un passeport bordeaux comme le tien.

– Ah, déjà? Je savais, mais...

– Déjà depuis des mois et des mois. Pendant que tu étais là-bas.»

Elle se tourna vers le barman:

«Monsieur Rajiv, cette fois, je veux bien une coupe. Est-ce que vous en acceptez une?»

Rajiv lissait ses cheveux de jais en arrière, accentuant ainsi son profil aquilin basané. Il assortissait sa chemise blanche d'un gilet très cintré, brodé rouge et noir, et d'un nœud papillon rouge. Il revint avec deux coupes, une bouteille de champagne et un ramequin de nems et tous trois trinquèrent.

«À quoi? Au Taj Mahal? proposa Emese.

– Au Taj Mahal, à la tour Eiffel bien sûr, et pour vous, Emese? Les thermes de l'hôtel Gellért?

– Les bains Gellért ? Ne me dites pas que vous y êtes allé !

– J'ai fait un grand tour d'Europe avant de m'installer ici. *Regarding* les colonnades, les faïences, ou les coupoles, l'endroit n'a rien à envier à aucun autre.

– En plus, ces gens barbotant dans l'eau jusqu'à la taille, il y a un côté bain populaire du Gange. »

Ils rirent. Emese reprit :

« Rajiv, que faisiez-vous avant d'être barman ?

– Je préparais un doctorat à Bombay.

– Comment peut-on quitter un pareil pays ?

– Des bêtises d'étudiant, comme souvent.

– Contre les castes ? Vous risquiez la prison ?

– Pas vraiment, mais j'étais certain d'être envoyé faire mon service militaire dans le Siachen.

– Le Siachen ?

– Un glacier gigantesque, dans les *Mounts* du Karakoram, en fait près du Cachemire, un site stratégique, à quatre mille mètres d'altitude. De la glace grondante à partir du sommet, en bas des pentes de pierraille, des vallées en gravier, voilà pour le décor en été. L'hiver, blanc sur blanc. Trois ans à faire le soldat dans une casemate, à batailler quelquefois par moins quarante. Sans rien à faire que fumer une cigarette en écoutant la radio et se réchauffer les mains sur des poêles à pétrole qui vous collent de la suie sur la peau. Et, bien sûr, à tirer de temps en temps à la *machine gun* par-dessus la glace. Sur des inconnus qui font pareil que vous. D'invisibles ennemis pakistanais… Trois ans dans un terrible vent, à vous rendre dingue. À soigner les bronchites, à puer le pétrole dès le réveil dans le lit de camp, à guetter l'hélico de ravitaillement. Et dire des stupidités sur les musulmans. *Too much* pour moi, j'ai craqué avant.

— Votre Siachen, il est accessible pour un journaliste ? Vous pensez que la guerre peut redémarrer ? intervint Frédéric.

— Elle ne s'est jamais arrêtée, Frédéric. Elle est trop désirée des deux côtés, elle entretient tant de fantasmes. Elle couve, elle attend un coup de chaud. Même quand elle est oubliée dans les journaux d'ici, elle se poursuit là-haut. Elle patiente, au cas où.

— Justement, est-ce qu'elle peut dégénérer au-delà du Cachemire ? Sinon, par où faudrait-il arriver ?

— Bien sûr. En théorie, notre fond de civilisation ancestral nous retient aujourd'hui de dégénérer, comme vous dites, et de tout envahir. De dévaster nos deux magnifiques pays que le monde nous envie. Mais ce fond, vous le savez mieux que… » Rajiv se tut car ses yeux venaient de s'arrêter sur le visage d'Emese. Elle sirotait son champagne comme une gamine un verre d'orangeade. Elle leva vers lui un regard reconnaissant. Il fit un clin d'œil auquel elle répondit, il remplit à ras bord les coupes et s'en alla prendre la commande de nouveaux clients.

Sur son épaule, Frédéric portait le sac de danse d'Emese, qui soufflait de petits nuages de buée dans la nuit glaciale. Ils marchaient dans la rue de Charenton rendue obscure par une panne de lampadaires.

«Pas bête l'idée des bains Gellért. Ils sont aussi resplendissants que vous le dites?

— Serais-tu tenté par l'architecture Art nouveau de Budapest?

— En fait, ni oui ni non, mais aller chez toi à Szeged, oui, pour sûr. Cet après-midi, au boulot, je pensais t'inviter au Guatemala…

— Pourquoi le Guatemala?

— Pour visiter les vestiges mayas dans une jungle tropicale, pardi. Boire du mescal dans des bars indiens et se baigner dans une eau émeraude. Mais on pourrait commencer par aller se balader chez toi. Dans ton village, jusqu'à Szeged. Tu me ferais visiter. J'ai lu qu'à l'origine il s'agissait d'un camp d'Attila.

— Où as-tu déniché cette stupide ânerie?

— Et qu'on peut écouter les plus belles orgues du monde dans une cathédrale, plus de dix mille tuyaux, ce doit être quelque chose. Il doit aussi y avoir des thermes, des sources sulfureuses et des brasseries pour s'en remettre.

— Il y en a partout, dans mon village, dans celui d'à côté; à Szeged, il y a les… Mais je te trouve soudain bien vacancier. Tu m'inquiètes presque…

— Je ne vois pas ce qu'il y a d'inquiétant.

— Rien, sauf que tu ne m'as jamais proposé de partir en vacances comme ça.

— Que veut encore dire ce "comme ça" ? »

Emese se savait pompette et par conséquent trop bavarde, mais elle ne résista pas à l'envie de lâcher :

« Comme ça, tu fais toutes les choses à moitié.

— Ah ben ça ! Il vaut mieux l'entendre que d'être sourd. Mais tout de même.

— Ce n'est pas ce que je voulais dire. Évidemment c'est faux. Mais c'est vrai que tu ne veux jamais t'engager à l'avance. Sur ce que tu vas faire, en tout cas ici. Tu n'en parles qu'après. Comme si tu commençais tout ce que tu fais à reculons. Ou dans la précipitation, trop heureux si tu n'as pas le temps de le prévoir. Ce qui n'est pas différent. »

Frédéric prit le temps d'encaisser cette tirade inattendue, et saisit l'aubaine pour parler de l'enfant.

« À quoi je ne veux pas m'engager ? Depuis mon arrivée, je veux te dire…

— À partir en vacances précisément, une chose simple, l'interrompit Emese, dont la promptitude ne laissait aucune chance à Frédéric.

— Bon. Partons en vacances la semaine prochaine, ou dès que tu peux. Je t'ai proposé les pays mayas, au Guatemala ou dans le Yucatán si tu préfères. Ou d'aller chez toi. Sinon, on peut aller n'importe où.

— Non. On ne part pas en vacances dès que je peux, n'importe où. On part en vacances en été comme tout le monde. Dans six mois. Promets-moi, dans six mois, le week-end du 14 Juillet par exemple. »

Frédéric, dépité d'avoir raté une occasion et de savoir pourquoi, bougonna pour la forme :

« Six mois, comme tout le monde, pourquoi...

– Tu vois, tu sais bien ce que je veux dire. Tu n'as pas peur de partir demain en vacances, et encore moins dans tes bazars de bombardements, mais... »

Comme elle l'avait appréhendé dès le début, Emese regretta cette conversation et se tut d'un coup. Ils atteignirent en silence l'endroit où était béquillée la moto. Frédéric proposa son casque à Emese qui le refusa. Lorsque l'engin descendit du trottoir, en turbinant d'aise dans la froidure, Emese agrippa son pilote par la taille, se plaqua contre son dos, sa joue à plat sur le cuir, et attendit avec une pointe de plaisir la brusquerie de l'accélération sur la chaussée.

L'air glacial avait givré les vitres dans la camionnette. Kourbou était coiffé d'une chapka en fourrure trop large, sous laquelle disparaissaient à moitié ses joues rondes de gamin. Il était assis à la place du chauffeur, les fesses posées sur le bord du siège, permettant ainsi à son pied d'atteindre l'accélérateur et de faire vrombir le moteur. Ses yeux brillants surplombaient à peine le volant de la camionnette qu'il serrait des deux mains. Frédéric, penché sur lui, tenait le volant d'une main.

«Bon. Tu embrayes à fond. Tu passes la première. Tu lâches doucement la pédale, en jouant sur l'accélérateur. Tu...

— Ça va.»

Le véhicule démarra en quelques soubresauts qui s'atténuèrent avec la vitesse. Kourbou n'attendit pas le conseil de Frédéric pour enfoncer l'embrayage grâce à une contorsion des hanches, et passer la seconde dans un craquement métallique, tandis que le véhicule filait sur la route enneigée. Quelques centaines de mètres plus loin, les roues se mirent à tressauter, puis à vibrer.

«Des chars, dit Kourbou qui d'un mouvement de volant trop brusque plongea une roue avant dans le bas-côté.

— Bordel, tu as raison», dit Frédéric en repérant dans le rétroviseur une colonne de blindés qui se rapprochait à vive allure.

Frédéric se réveilla. Sans doute en un geste brusque puisqu'il entendit la minette sauter du lit. Il se retint d'ouvrir les yeux, afin de ne pas laisser échapper le rêve et pour regagner le bas-côté de la route enneigée où l'attendait Kourbou. Il y parvint car ce rêve reproduisait fidèlement un incident survenu peu de temps auparavant.

Kourbou est le fils de Zarina, son interprète à Argoun. On lui a fêté ses huit ans en avance, la veille du départ de Frédéric. De sa mère, il a appris des bribes de français ; de sa fréquentation avec des journalistes, il a chipé des mots d'anglais qui, avec les zestes de russe de Frédéric, leur permettent de bavarder en un dialecte bien à eux, devenu fluide au fil du temps.

De son père, un *boïvik* disparu depuis deux ans, Kourbou ne parle jamais. Il a été capturé lors d'une attaque dans la vallée de Vedeno et envoyé dans le camp d'interrogatoires de Tchernokozovo, à l'est de Naour, près du fleuve Terek. Depuis, aucune nouvelle ; ni Zarina auprès d'amis à Moscou, ni Frédéric en utilisant ses relations au sein d'organisations humanitaires, n'ont rien pu apprendre.

Kourbou ne l'évoque jamais et feint l'indifférence lorsqu'on en parle devant lui. Jamais une question, jamais de pleurs ou de rêves, jamais une parole de fierté ou d'agressivité. À l'inverse de tous les voisins dont un parent a disparu et qui le font vivre de toutes leurs forces.

Sa mère a confié à Frédéric combien cette apparente indifférence de Kourbou à l'égard de son père la culpabilise, qu'elle ne parvient pas à lui parler ; qu'elle n'a pas la moindre idée de la cause de son mutisme et qu'elle s'en désespère, ne sachant s'il est lié d'une façon ou d'une autre à sa blessure. Il y a un an et demi, en effet, une balle a frappé Kourbou au genou. Rotule brisée, ligaments arrachés et mal soignés ; avec pour conséquence une légère boiterie et l'impossibilité de courir.

Kourbou ne se plaint jamais des séquelles de sa blessure. Il est difficile, par ailleurs, de savoir de quelle manière il en a conscience, puisque, seul enfant dans la rue, il n'y croise que les regards bienveillants des voisins. Toutefois, ses attitudes – son immobilisation brusque en chemin, genou replié pendant un long moment, ou les tremblements de sa jambe lorsqu'il se trouve assis, et surtout la fixité livide de son visage – trahissent souvent de violentes douleurs qu'il ne peut réprimer, qui l'obligent à se taire au milieu d'une phrase, et dont, après, il refuse de parler.

La blessure de Kourbou n'est pas l'unique raison de sa solitude. Ses deux amis d'enfance, du quartier, se sont enfuis avec leur famille en Ingouchie, l'école est le plus souvent fermée à cause des bombardements, la patinoire est détruite et le stade transformé en dépôt ; blessure ou pas, Kourbou n'a d'autre choix que de passer la plus grande partie de ses journées seul, en attendant le retour de sa mère.

Frédéric a offert une superbe photo de son père à Kourbou, prise à l'improviste dans une rue d'Argoun par Serge, agrandie et encadrée lors d'un séjour à Paris. Kourbou, sans un mot de remerciement, l'a posée sur la table de sa chambre, ce qui n'a pas dissipé les angoisses de sa mère.

Au fil des séjours, Frédéric a ramené des DVD au garçon, qui les regarde sur l'écran de son ordinateur portable. Kourbou n'est pas tenté par les westerns, à la grande déception de Frédéric. Il aime les films avec des actrices célèbres, surtout les contemporaines : Isabelle Huppert, Emmanuelle Béart. Il aime beaucoup Julia Roberts. Mais ses deux films préférés sont anciens, et tous deux sur la guerre : *L'Arbre de vie*, avec Elizabeth Taylor, qu'il peut regarder jusqu'à épuisement des yeux ; et *Dear Hunter*, avec Meryl Streep.

Par ailleurs, Frédéric lui a offert un lecteur et des CD choisis au hasard. À sa grande surprise, Kourbou s'est emballé pour le blues et la country. Depuis, à chaque voyage, il lui ramène de nouveaux CD, en même temps que des stocks de piles, et c'est ainsi que le garçon écoute pendant des heures des chansons de Skip James, Dolly Parton, Bob Dylan ; guitare sèche des débuts et guitare rock texan.

Frédéric lui a aussi apporté des vidéos des *best of* de la National Hockey League nord-américaine, car Kourbou est un fan de hockey. Ses idoles ne sont ni David Beckham, ni Zinédine Zidane ou Ronaldo, mais le grand Igor Larionov, avant-centre de la fameuse ligne KLM, Kroutov-Larionov-Makarov, deux fois championne olympique avec l'Union soviétique, puis triple vainqueur de la Stanley Cup nord-américaine sous le maillot des Detroit Red Wings. Et plus encore

Nikolaï Khabibouline, le gardien magique des Tampa Bay Lightning dont il a collé des posters dans la cave où sa mère, lui et tous les pensionnaires journalistes se réfugient durant les bombardements. Kourbou peut énumérer tous leurs exploits et leurs palmarès, sans que Frédéric ne comprenne de quelle façon il a pu les apprendre. Et quand Frédéric lui fait malicieusement remarquer qu'ils étaient russes, et qu'ils avaient appris à patiner au Spartak de Moscou ou dans d'autres clubs de l'armée, il se caresse le menton en un geste comique de paysan qui dissout la gêne avec une grâce enfantine.

Lorsque les affrontements ne l'en empêchaient pas, Frédéric partait souvent en camionnette avec Kourbou. Ils continuaient à pied dans les forêts de bouleaux ou plus haut dans les sapins. Ils repéraient les branches à nids de hiboux et, sur le sol, les traces de lièvres blancs et de renards argentés qui proliféraient depuis les combats. Plusieurs fois, ils s'étaient retrouvés coincés par des mitraillages, et jamais Kourbou n'avait montré le moindre signe de panique, seulement une peur calme. Ce qui étonnait Frédéric et angoissait sa mère, autant que sa solitude.

Mais plus que tout, Kourbou aimait disparaître le long de l'Argoun, rivière qui traversait la bourgade. Il en connaissait les berges par cœur, sur des kilomètres, à travers bois et champs. L'été, il se lavait et se baignait dans l'eau glaciale. Il avait initié Frédéric à la pêche à la main. L'hiver, il se déplaçait sur la glace en patinant sans patins aux pieds. Il ne cessait jamais de scruter les loutres qui avaient colonisé les rives. Les nuits d'accalmie, il pouvait se lever à l'aube pour se poster sur une butte et observer les longs animaux noirs au retour de leur pêche ; puis construisant leurs catiches de leurs pattes adroites. Les jours de chaleur, assis sur la berge, il regardait les familles s'ébattre dans les herbes, imaginait et racontait à Frédéric les voisinages et leurs disputes, comme s'il en était le parrain.

Une nuit, Kourbou disparut. C'était à la Saint-Sergueï-Radonejski, fête de l'Église orthodoxe, donc une trêve des bombardements. Après l'avoir vainement cherché en ville, Frédéric eut l'idée d'aller à la rivière. Il l'y trouva, allongé sur une pierre plate. À la lumière d'une lune pleine, Kourbou écoutait et regardait des plongeons furtifs. Après un instant de silence, afin de permettre aux yeux de Frédéric de s'adapter à la pénombre, il chuchota pour lui présenter une famille de loutres qui batifolait devant eux. Il lui désigna le mâle et la femelle par des prénoms, ainsi que les loutreaux. Il lui décrivit les jeux et lui expliqua les règles, comme s'il y avait participé.

Avant de céder à l'engourdissement du sommeil, Frédéric se promit de lui acheter, dans une boutique de fringues américaines située aux Halles, un blouson

et une écharpe aux couleurs des Tampa Bay Lightning, d'autant que ceux-ci venaient de remporter la
Stanley Cup.

8

En survêtement, Frédéric dévala les marches du square Tino-Rossi et s'élança le long de la Seine.

Sur l'eau, péniches et barges se croisaient en se saluant à coups de trompe. Une brise soulevait des effluves vaseux vers les quais. Des lycéens adossés les uns aux autres, assis à même une pelouse gelée, écoutaient PJ Harvey en fumant des pétards. Sous le pont Henri-IV, deux saxophonistes travaillaient leurs gammes, avec des partitions posées sur une caisse. Frédéric pensa à deux voisins, à Argoun, qui depuis des années jouaient du saxophone et de la trompette, leurs partitions posées elles aussi sur des caisses, dans un sous-sol éclairé à la bougie où on s'installait pendant les bombardements, et dont la musique, durant les périodes de répit, flottait dans la rue.

Sous le pont de l'Archevêché, deux voitures de police encadraient un bivouac familial de sans-abri, roumains ou romanichels à entendre leurs protesta-

tions. Indifférents à l'altercation, des riverains prome-
naient des chiens, au sujet desquels ils échangeaient
des compliments, pareils à des parents à la sortie de
l'école. Frédéric fut surpris par la diversité des chiens,
comme s'il en était apparu de nouvelles races pendant
son séjour là-bas, où il s'était habitué à voir une espèce
unique de bâtards, magnifiques : museaux pointus,
longs poils touffus, noir et blanc. Les uns conservant
des réflexes de leur ancienne vie de chiens domes-
tiques plus ou moins perturbée par les sirènes, les
autres à la fois plus sereins et plus sauvages, errant en
meutes dans les rues et les cours d'immeuble encom-
brées d'ordures.

La minette l'attendait derrière la porte d'entrée en
miaulant et le suivit en trottinant comme un toutou
dans la salle de bains, jusqu'à ce qu'il lui caresse le cou.
« Toi, tu fais la gentille maintenant. On dirait que tu
t'es faite à l'idée que tu n'aurais pas Emese pour toi
toute seule. » Puis il la posa sur le lit, saisit son blouson
et sortit.

Il s'arrêta au Point Presse pour acheter une nouvelle provision de Major Jones qu'il gratta en montant la rue Monge, bifurqua vers la montagne Sainte-
Geneviève et entra dans une librairie russe. Deux

dames épaissies de pelisses de fourrures à longs poils, aussi volubiles et russes l'une que l'autre, semblaient comparer leur pouvoir de séduction auprès du libraire, qui se permit cependant de les interrompre pour saluer Frédéric.

« Tiens donc, notre voyageur de retour de chez les Terribles. Que me vaut l'honneur de votre visite ?

– Vous avez un roman de Tolstoï, en russe, qui s'appelle *Hadji Mourat* ?

– Un roman qui se situe à l'époque d'un des premiers conflits russo-tchétchènes du XIXe, entre le tsar Nicolas Ier et l'imam Chamyl. Si je ne me trompe pas, vous le trouverez en haut à droite. Mais pourquoi en russe ?

– Une commande d'une amie. »

Tandis que les deux femmes reprenaient leur conversation avec un accent traînant que Frédéric identifia, sans guère parler la langue, comme étant de Saint-Pétersbourg, il se mit à déchiffrer les titres en cyrillique. Passionné de romans russes, il trouvait dommage de ne pas en acheminer là-bas, où les bibliothèques étaient inaccessibles, au pire brûlées par les uns ou par les autres pour divers motifs, au mieux enfouies à l'abri.

Il se décida pour *Dimitri Roudine* d'Ivan Tourgueniev et pour *La Garde blanche* de Mikhaïl Boulgakov, car ils seraient plus faciles à offrir à Zarina, le premier se déroulant à la campagne et se terminant sur une barricade de la Commune, et le second ayant pour contexte la révolution dans une très sympathique famille de Russes blancs. Il ne put s'empêcher d'ajouter *Vie et Destin* de Vassili Grossman, manuscrit si longtemps enfermé dans la prison de la Loubianka. Et, bien sûr, *Le Prisonnier du Caucase* d'Alexandre Pouchkine, auteur chéri par tout être humain vivant au nord de la mer Noire.

Sur une table, il découvrit une pile d'albums de Tintin traduits en russe, dont il acheta des titres, se réjouissant en imaginant l'expression de Kourbou lorsqu'il les ouvrirait.

Il poursuivit jusqu'au Vieux Campeur pour acheter un lot de lampes torches miniatures qui feraient fureur là-bas où, dans les nuits sans électricité, on ne cessait de trébucher sur les trottoirs démolis. Puis il fureta dans la boutique de bivouac de haute montagne, à la recherche d'ustensiles dernier cri.

Il déposa ses achats au fond du placard, derrière les sacs et les chaussures. Utilisant l'ordinateur framboise d'Emese, il tria les e-mails qui attendaient dans sa messagerie. L'un s'intitulait «Dunav», et il l'ouvrit en premier.

«Frédéric, bonjour.

Es-tu rentré? Comment ça se passe à Groznyï? Pire qu'ici à l'époque? À la télévision, j'ai vu des images impressionnantes. Tu ne le croiras pas mais, moi, je suis revenue à Vukovar, depuis pas mal de temps déjà. On ne se refait pas, tu sais. Je vis avec un garçon de la région, de Nustar.

Tu te souviens de ce village ? Nous y étions allés un dimanche parce qu'une de tes consœurs françaises t'avait évoqué deux rockers que tu voulais rencontrer.

Mon copain est basketteur, il jouait dans l'équipe nationale junior, avant. Il est immense, tu t'en doutes, et très doux avec moi. L'autre jour, nous sommes allés manger des *ribiljc paprika* à l'auberge Tri Vrske, toujours aussi délicieuses, même si l'effet de surprise s'est envolé. J'ai pensé à toi. Je pense très souvent à toi depuis que je suis ici. À tout ce que nous avons vécu ensemble pendant la guerre. En fait, je pense tout le temps à cette époque-là, c'est sans doute pour cela que je suis revenue. Tant qu'à y penser, autant y être.

J'espère que tu vas nous rendre visite très bientôt. Il y a une nouvelle équipe de foot, Vukovar 91. Elle a changé les couleurs de ses maillots. Elle joue très bien et elle se maintient en tête du championnat, grâce aux donations étrangères et à de super-primes qui attirent les meilleurs joueurs de la région. Je crois même que des administrateurs onusiens en paient au noir ; et que des joueurs viennent d'Osijek ou de Zagreb pour en profiter. Il y a de l'ambiance, dans les tribunes, mais guère de vieux supporters autour de la buvette.

Je ne sais pas si les gens savent que des milliers de cadavres ont été enterrés sous la pelouse du stade à l'époque, parce que les bombardements empêchaient d'aller jusqu'au cimetière. Certainement, mais presque tout le monde fait mine de rien. Comme si d'y penser allait contraindre à les déterrer. Et comme si les déterrer et les exposer en plein air, tout pourris et sans cercueils, dans leurs vêtements du moment, moins les chaussures qu'on ne résistait pas à leur subtiliser à cause du froid, allait obliger à regarder le pourrissement de leur mort. Je veux dire du sens de leur mort. Parce que cette guerre pourrie a pourri plus que le corps de ces gens, elle a pourri les raisons de leur mort. En tout cas, elle a gâché une partie de ce qu'ils avaient été sous les obus.

Une sale mort pour une sale cause, c'est tellement pire qu'une sale mort suite à une sale maladie ou à un sale accident ! C'est ce que j'éprouve aujourd'hui, encore plus qu'hier, et pourtant.

Bref, j'arrête avec les grands mots. Ce non-sens, ces fausses justifications historiques, ce patriotisme de pacotille, nous en avons parlé souvent, tu en plaisantais. Ça te faisait rigoler de voir les gens se monter la tête. Tu y étais moins attentif sans doute parce que tu en avais vu d'autres, au Liban et je ne sais où ; et parce que, moi, je suis née ici, en plein dedans. Au moment où je t'écris, des vols d'oies se suivent au-dessus de la ville, si bas que je les entends caqueter par la fenêtre.

Elles passent avec au moins un mois d'avance sur la saison, même elles sont détraquées.

Au sujet de bien d'autres choses d'ailleurs, les gens font comme si de rien n'était. Ceux qui n'étaient pas là, parce que ça les arrange de recommencer comme auparavant, sans donner des coups de frein à tous les panneaux stop/souvenir des bombardements. Ceux qui étaient là, parce qu'ils sont trop fatalistes et dépressifs et que certains souvenirs les affligent.

Je ne sais pas si on se sent accablé par une telle impression de bêtise et d'incompréhension après chaque guerre. De gâchis, certainement, mais de bêtise, je ne crois pas. Tu ne peux imaginer la tristesse de l'atmosphère ici. Aigrie et lugubre, déprimée et pessimiste, bien plus pénible à vivre que pendant le siège, où au moins on riait parfois comme des fous. La nouveauté, ce sont les antennes paraboliques de télévision. On capte des dizaines de chaînes étrangères. Nous, on regarde *Friends* tous les soirs. Tu connais?

Je t'embrasse. Jasna. »

Nustar… En plein sur la ligne de front, on le croyait abandonné de tout, sauf des poules et des chiens. Cette interminable rue droite bordée de maisons écroulées, portes battantes, remorques abandonnées, clôtures affaissées. Il faisait penser à un village fantôme ou un village maudit. Et ils avaient trouvé les deux tankistes rockers au bout. En bas, dans le cellier de la dernière ferme. Leurs bandanas sur le front, des dizaines d'épingles sur leurs treillis, écoutant les Stones et se disputant sur la manière de cuire des œufs au plat, comme un vieux couple de célibataires. Leur char aux trois quarts enfoui dans le poulailler était recouvert de crottes de poules. Cela faisait des semaines qu'ils tenaient la ligne de front à eux seuls, se faisant canarder par des chars serbes planqués derrière une butte dans le pré d'en face.

Frédéric lui répondit immédiatement :

« Jasna, tu ne peux imaginer combien ton message me fait plaisir. J'espère de tout cœur que ton basket-teur a le bon numéro dans le dos. Où habitez-vous à Vukovar ? Dans la maison de ta grand-mère ? (Qu'en est-il de ses tartes aux prunes ?) Ou vers les arcades ? (A-t-on reconstruit les toits en tuiles récupérées et vermoulues ?) Vers les Borovo Selo ? Vers l'entrepôt Vele-pronet ? J'attends l'été pour venir boire des bières avec vous au bord du fleuve. Depuis le temps, c'est promis ! Tant pis pour les moustiques, du reste je suppose que tu fumes toujours suffisamment pour les asphyxier.

Là-bas, ce n'est pas pire que chez toi, Groznyï n'est pas plus détruite que Vukovar. L'affrontement est beau-coup plus compréhensible aux Tchétchènes qui sem-blent l'avoir couvé en eux depuis une éternité. Cela ne veut pas dire bien sûr qu'il soit ressenti comme moins injuste, mais il est moins surprenant qu'il ne l'était chez toi. Je veux dire, la cause en est plus simple et mieux admise par les Tchétchènes. Les Russes sont de plus anciens ennemis, depuis des siècles, mieux désignés, mieux détestés. Il y a plus d'Histoire entre eux, donc plus d'évidence. De ce fait, l'affrontement était plus attendu, plus vivable au début. C'était, entre autres, particulièrement vrai pour les femmes.

Sauf qu'il dure et n'en finit pas. Il reprend, il s'interrompt, il laisse le temps de penser au temps, et rien n'est moins supportable. Car l'idée la plus généreuse, la plus courageuse et la mieux comprise ne résiste pas à l'usure du temps, dont vous savez que vous serez à jamais privés. Tu sais ce que c'est. En fait, tout fout le camp et il ne reste qu'une sorte de destin qui patauge dans la gadoue, dans la peur et dans les explosions d'obus. Quand les gens se remettent à penser à l'avenir, et qu'ils le voient fichu, ils recommencent immédiatement à penser au passé et ils se voient eux-mêmes fichus. Futur fichu, passé fichu, tu te souviens pourquoi vous ne pensiez qu'au présent (et nous aussi, les journalistes, à notre façon, car nous avions largué beaucoup d'amarres). Alors, c'est terrible pour les gens de Groznyï, parce que le blocage du temps dure. Ils sentent que le temps passe désormais sans eux.

Je n'ai pas regardé *Friends* depuis que je suis à Paris, la série s'est terminée ici il y a pas mal de temps. Du coup, je n'ai jamais vu la fin. À quel épisode en êtes-vous? Phoebe a-t-elle eu ses jumeaux? Rachel et Ross couchent-ils ensemble? Comment va le canard? Je t'embrasse.»

Il ouvrit un e-mail qui venait d'arriver, titré «Coupette?». C'était son pote du *Monde* qui lui annonçait: «Serge et ta copine Marjolaine viennent de décrocher les pompons World Press. Sélect en fin d'après-midi.»

Frédéric ne risquait pas d'oublier sa première rencontre avec Marjolaine, dans le jardin du Taitu Hotel, à Addis-Abeba. Habillée d'une mini-robe estivale, brune et jolie, elle était apparue à travers les massifs de fleurs, avait posé son bagage et sa sacoche d'appareils photo sur la table où il prenait son café et commencé à rouspéter sous mille prétextes, avant de se présenter.

Elle ne connaissait personne, détestait les trucs de combats, elle était certaine que ceux-là n'intéressaient personne, elle aurait mieux fait d'accepter une commande de *Time* pour couvrir les vestiaires de la haute couture, le jardin était exquis mais l'hôtel hors de prix, la ville devait être merveilleuse et méritait dix fois plus d'attention que les déserts de la guerre.

Frédéric la trouva drôle et lui offrit du café. Ils se mirent à bavarder, il lui proposa une place dans un

Pajero, car il partait dans la matinée avec deux copains photographes, en direction de la ligne de front, dans les dunes, mille kilomètres au nord.

Lorsqu'ils eurent traversé les vallées arides de l'Aksoum et atteint, couverts de sable et les reins en compote, des tranchées sur le plateau d'Adigrat, où un lieutenant, au milieu des siens, leur indiqua un abri de planches, Marjolaine s'écria :

«Mais c'est comme à Verdun! Même les casques et les jambières n'ont pas changé.

— Exact, approuva le photographe américain. Tu t'en rappelles!

— En moins froid, peut-être? suggéra-t-elle.

— Attends la nuit pour en être sûre.»

Elle commença sans tarder l'aménagement de leur cahute, encastrée au bout d'un boyau de terre.

Le jour, les garçons sortaient dans le sillage des soldats, le temps d'offensives sur la plaine. Marjolaine, elle, préférait rester dans la profondeur des tranchées, son Leica en bandoulière. Elle tirait le portrait des bidasses ravis, sans parvenir à les convaincre d'éviter de prendre la pose devant l'appareil. Pour autant elle ne s'énervait pas, car elle passait le plus clair de son temps à admirer, avec eux, des photos de leurs fiancées ou de leurs familles, retouchées au pinceau en couleurs criardes dans les studios publics d'Addis-Abeba.

La bande des quatre séjournait ainsi deux semaines

dans les tranchées au sein du bataillon, puis le suivait à trois heures de piste, pour se reposer une semaine, dans une oasis aménagée grâce aux bons soins d'une tribu bédouine. Et tout le monde revenait deux semaines sur le front, et de nouveau trêve.

Dans cette oasis, à l'ombre de la palmeraie, tandis que militaires et journalistes s'alanguissaient dans une chaleur sèche, Marjolaine partait avec une vitalité intarissable à la découverte du campement de tentes et de maisonnettes en pisé. Elle se liait avec les jeunes filles et femmes bédouines, qu'elle photographiait avec à la fois excitation et discrétion. Un jour, Frédéric, qui l'observait au sein d'un groupe de femmes, lui fit remarquer :

« Je parie que tu utilises dix fois plus de pelloche pour elles que pour les mecs du front.

— À mon avis, cinquante fois plus. J'avoue que vos escapades sous les obus ne m'inspirent pas outre mesure.

— La guerre ?

— Non, elle m'intéresse, elle est partout autour. Mais ces sprints, ces chutes, ces hurlements, ces morts, cette peur, c'est trop cru pour moi... Toujours trop près ou trop loin, je suis en retard sur cette violence. Même si je ne crevais pas de trouille, je ne saurais que faire avec vous. Je n'ai même pas les objectifs adéquats. »

Frédéric rit.

« Tu penses qu'il y a des objectifs adéquats pour ça ?
C'est bien la seule chose qui serait adéquate. »

Marjolaine ne se vexa pas :

« Je pense qu'il y a une distance adéquate entre moi
et les gens que je photographie. Je dois trouver ma
place, où il n'était pas prévu que je sois. Ni trop près,
pour ne pas profiter de la situation, ou m'impliquer
plus que je ne veux, ni trop loin, pour ne pas tricher,
ou voler à leur insu. Être vue et voir sans que ma présence importe à celui que je photographie. Dans les
combats, cette distance est quasi impossible à trouver.
C'est physique, je veux dire. Mais je ne parle que pour
moi, pas pour d'autres photographes, ni pour vous, les
correspondants. Encore moins pour ceux qui regardent les photos. Toi, tu trouves une autre place pour
écrire, ou tu en cherches une, je ne sais pas. Chacun
trouve la sienne dans la guerre. Moi, comme tu vois,
je tourne autour.

– Tu regrettes d'être venue ?

– Tu es fou, au contraire ! Ces femmes ne se laisse-
raient pas approcher comme ça en temps normal.
C'est un miracle de les photographier ainsi. Une véri-
table bénédiction.

– Pourquoi ? Moins de maris, moins de pères dans
les environs ? Moins de tabous ?

– Elles ont moins peur que l'objectif ne leur vole
quelque chose d'essentiel. J'ai été dans un campement
de Berbères de l'Atlas, les femmes tournaient la tête de

peur de perdre leur image au fond de l'appareil. Au Maroc, le danger venait de moi, ici il vient d'ailleurs, des hommes, des tanks et des avions. Elles me voient différemment à cause de la guerre. Elles ont moins peur pour leur âme, moins peur de la mienne, moins peur de notre étrangeté. C'est l'avantage de la guerre, si on peut dire, de sa violence, elle déplace la peur. La transforme. Et donc bouscule les a priori, la méfiance. En fait, je crois qu'elle donne une autre idée de l'âme, si j'ose dire. Moins d'habitude, moins de donnant donnant.»

Elle fit une bise sur le nez de Frédéric et repartit.

Durant des semaines, ils partagèrent la canicule et le gel, mangèrent des sardines en conserve ou des brochettes de mouton. Ils souffrirent d'indigestions de dattes, subirent les bombardements des tranchées, souvent tonitruants et meurtriers. Les garçons étaient sous influence, tantôt de la nervosité de Marjolaine, tantôt de son humour désopilant.

De retour au Taitu Hotel, Frédéric proposa à Marjolaine de l'héberger dans sa chambre, aux frais de son journal, afin de lui éviter un hôtel de routard à l'autre extrémité d'Addis. Ils emménagèrent dans une magnifique pièce XIXe siècle, meublée de tapis en soie et de poufs en cuir bariolés et odorants, agrémentée d'une lumineuse salle de bains de céramique et d'étain. Ils partagèrent l'immense lit, en camarades, chacun à une extrémité, faisant semblant de succomber à la fatigue du voyage une vingtaine de secondes, avant de rouler au milieu pour s'étreindre, sans hésitation, sans mot dire, comme s'il avait été stupide de résister au désir, fantastique en cet endroit, depuis les séjours de l'épouse du roi Ménélik.

Le matin, guillerette, Marjolaine déclara :

«De toute façon, dans un décor aussi charmant, ça ne pouvait être autrement? Ta copine approuverait, non?

— Si si, pour sûr, comme ton copain, avait-il répondu en riant. Encore heureux que je sois tombé sur toi.»

Des jours passèrent dans l'attente d'un avion de passage susceptible de les évacuer. Ils se baladaient dans les allées ombragées de la capitale, fouillaient les boutiques du bazar Merkato, visitaient les palais et mausolées sous l'impulsion de Marjolaine, se prélassaient aux terrasses ou dans les jardins de Bihere Tsige, savourant le thé sirupeux du désert, les *tere sega* et les bienfaits des narguilés.

À son retour, Marjolaine publia des photos dans *Elle* et réalisa une exposition sur les adolescents de l'oasis. Ils ne s'appelaient plus à Paris, mais, chaque fois qu'ils se croisaient en reportage, ils se réjouissaient de faire un bout de route en copains. Frédéric aimait la curiosité frénétique et bilieuse de Marjolaine qui, elle, devait aimer la désinvolture, la sérénité, ou la gentillesse de Frédéric, ou quelque chose comme cela. La dernière fois, c'était à Herat balayée par les vents des premières tempêtes d'hiver, lors de la fuite des talibans, se souvint Frédéric.

9

Au Sélect, Frédéric serra la main de Nathalie, la patronne assise au bout du bar, salua quelques habitués bosniaques dans le coin opposé et François, le maître d'hôtel, qui d'un signe de tête lui signala du monde déjà installé derrière et le précéda en portant du champagne.

Aux murs étaient exposés les tableaux d'un impressionniste attardé du quartier. Dans la petite salle du fond, des nappes apportaient une note de gaieté de banquet aux tables, où une douzaine de personnes avaient déjà commencé à picoler.

Frédéric embrassa Barbara et Dominique, les plus proches sur la banquette, et s'assit en faisant signe à la ronde.

« Tu es encore resté drôlement longtemps cette fois, lui lança Barbara. Tu as trouvé des histoires ? Qui valaient le coup à ce point ?

— Tout dépend pour qui, suggéra Frédéric. Une

guerre, ça vaut toujours le coup d'y rester, même quand elle donne l'impression de s'enliser, elle abonde d'histoires. Comme dirait Michel : sur un volcan, c'est quand les éruptions font la pause qu'on peut emmener le lecteur observer le cratère.

— Osée, l'expression. Je la testerai auprès de ma rédac-chef. Tu crois que les Russes vont déconner jusqu'au bout ?

— Jusqu'au bout de quoi ? Ça prend une tournure qui ne ressemble à rien d'autre.

— Comme ailleurs. Tu en connais une qui ressemble à une autre, dit en riant Barbara. Jamais la même atmosphère. C'est du reste la chose la plus facile à comprendre quand on s'y trouve, et la plus difficile à faire comprendre à ceux qui n'y sont pas. Pas seulement à la rédac, aussi aux lecteurs ou aux copains. Tu trouvais de l'essence ? Tu pouvais circuler hors de Groznyï ?

— À Groznyï, tu y rentres et tu en sors. Dans le pays, tu te fais tirer dessus mais tu circules. Éviter la nuit et le brouillard comme d'hab, à part ça… On s'était installés à Argoun, c'était plus commode, ça nous évitait déjà les barrages dans Groznyï.

— Beaucoup sont restés ?

— Non, pratiquement personne. Mais j'ai revu Michel avant-hier, ici, à Paris. Il pense repartir dans quelques semaines.

— La belle Lioudmila. Et toi, quoi de neuf ?

— Toi d'abord.

— Moi, je reviens de vacances, imagine. Avec Dominique, deux semaines les pieds en éventail à la Jamaïque, je n'y étais pas allée depuis les déchoucages en Haïti à la fuite d'Aristide. Le calme, seulement des chutes de noix de coco pour nous faire sursauter. Tu devrais essayer un jour. »

Frédéric fit mine de sursauter en regardant le ventre de Barbara, qu'il toucha de la paume : « Dis donc, ça ne serait pas en train de s'arrondir ? » Barbara lui colla la main sur la bouche et lui glissa à l'oreille : « Chuuut ! Surprise, mais pour plus tard. » Frédéric pointa sa coupe vers elle, poursuivit le mouvement vers Dominique, fit une mimique élogieuse, lui chuchotant :

« Eh bien, on vous a appris à ne pas traîner en route, dans la Légion.

— Tu connais notre devise », répondit celui-ci.

Dominique, visage poupon, voix chantante, polytechnicien de formation, était capitaine dans la Légion étrangère lorsqu'il avait séduit Barbara, un an plus tôt, à l'entrée de Bouaké, en Côte d'Ivoire. Il contrôlait un barrage que la seconde avait l'intention de franchir. En attendant la fin d'une fusillade deux carrefours plus loin, il lui avait parlé de science-fiction américaine et d'Eminem, deux passions de Barbara. Et le soir, les journalistes étant toujours bloqués par les combats, il l'avait retrouvée dans une bicoque de tôle dissimulée derrière des bougainvilliers. Puis à Paris où, quelques mois plus tard, sur un coup de tête, il avait démissionné de l'armée et s'était lancé dans le reportage caméra pour les journaux télé.

« Et on sait pour quelles photos ils ont décroché leur World Press ? demanda Frédéric.

— Serge, pour une photo en Afghanistan, sur une route de Kaboul. Deux talibans tués, dénués de leurs turbans, déchaussés. Un attroupement d'hommes et de garçons autour, très sereins ; ils regardent par terre, à droite, à gauche. Personne ne peut deviner ce qu'ils pensent. Derrière, des contreforts montagneux, des tons pastel beige, gris, bleu. Un tableau d'un calme hors du temps.

— Et Marjolaine ?

— Deux filles dans un camp estival de Crimée, photo stupéfiante aussi, sur fond de mur bleu turquoise. L'une appuyée contre un arbre, regard perdu, tee-shirt bigarré, montre en toc, elle rêve ; l'autre est trop jeune pour rêver, visage fixe... »

Frédéric se rapprocha de Barbara pour lui demander discrètement :

« Tu as des nouvelles d'Isa ?

— Pas plus que toi. Elle ne parle qu'à très peu de gens. Sa mère, sa copine Linda... Elle s'est refait une santé, elle a retrouvé le goût des choses. Pour le reste... Elle se serait mise à la peinture, ou à la photo, on ne sait pas, dans la région de Belém, des paysages.

—Isa? Celle qui a été prise en otage à Nadjaf?»
demanda Dominique...

Un «*Hola hombre!*» retentit. Frédéric se glissa entre
les tables pour s'asseoir près d'un garçon, élégant, sur
la banquette.

Jorge était réputé être celui qui, entre tous les
reporters, partait le plus vite, le plus longtemps, et
parcourait le plus de kilomètres chaque année. Photographe à l'Agency Press, il publiait surtout dans le
New York Times et le *Los Angeles Times*. Il avait refusé,
sans la moindre explication, le prix Robert-Capa, qui
semblait pourtant créé pour lui, ne fût-ce que pour sa
gueule. Malgré sa promptitude à bourlinguer, il cultivait une allure de dandy madrilène, rehaussée d'une
irrésistible drôlerie en toutes circonstances.

Jorge et Frédéric avaient sympathisé au Sud-Liban,
embarqués dans les véhicules d'une équipe de télévision texane à qui ils servaient de guides. Puis, au Soudan, ils avaient subi ensemble une crise de paludisme
qui les avait immobilisés dans l'unique pièce d'un for-
tin d'El-Geneina; une trentaine de jours sur des nattes
à ingurgiter du thé et du paracétamol et à se raconter
des bêtises. Par la suite, Emese et Frédéric avaient
passé des vacances chez Jorge à Madrid; et quand ce
dernier ainsi qu'Antoine avaient été touchés dans une
embuscade, en Afghanistan, Frédéric avait joué
l'homme à tout faire jusqu'à leur rapatriement.

«Comment va Emese? demanda-t-il

– Très bien.

– Toujours un œil sur la ligne de flottaison ? »

Frédéric fit une mimique fataliste :

« Je crois. Et toi ? Annett, que devient-elle ?

– *Muy buen*, j'imagine, entre Londres et New York. Un nouvel épisode...

– Je vois. Et ce nouvel épisode s'appelle... ?

– Carmen.

– Tu fréquentes des Espagnoles maintenant ! Mariage, enfants ?

– Tu connais ma théorie, non ?

– Laquelle ? demanda quelqu'un.

– Une théorie stupide pour démoraliser tout le monde le soir à l'hôtel, intervint Barbara qui écoutait. Jorge a une vision fataliste, ou plutôt extrêmement défaitiste, de l'avenir conjugal du journaliste de guerre. Il se projette beaucoup... »

Jorge la regarda avec une expression angélique :

« Ah oui ? Barbara, veux-tu que nous testions ma théorie autour de ces tables ? Voyons... épargnons Frédo parce qu'il vient d'arriver ; Pascal, que devient, comment s'appelle-t-elle déjà... ?

– Surtout pas, oublie, lança Barbara. Y en a marre de te voir jouer l'oiseau de malheur. »

Elle l'embrassa aussitôt en un geste tendre et superstitieux.

« Qui mangera ? Levez la main. Pour attendre, je vous propose un pauillac que je viens de recevoir ? Qui en boira?» demanda François, le maître d'hôtel, son carnet à la main. «Nous!» s'écrièrent, derrière son dos, Serge et Marjolaine, dont l'arrivée suspendit les conversations. Ils revenaient ensemble d'Amsterdam, Marjolaine tenait à la main sa petite Vanessa dont le visage exprimait une profonde perplexité dans ce brouhaha.

Accoudé au balcon de l'appartement, Frédéric savourait l'air de la nuit. Il compta les douze coups de minuit de l'église Saint-Médard. Le vin et la gaieté emmagasinés au Sélect le protégeaient du froid. Il était parti à l'instant décisif – bien connu des habitués de bars nocturnes –, au-delà duquel le temps ne semble plus devoir s'écouler et les horaires ne plus avoir aucun sens, car il voulait être là au retour d'Emese. Il scrutait les ombres des pensionnaires de l'hôtel meublé d'en face, à travers des fenêtres éclairées. La minette, au chaud sur un pull, l'observait derrière la vitre de la porte du salon.

La première fois qu'Emese l'invita chez elle, à la sortie d'un concert de jazz, pressentant les obstacles plantés par leur indécision respective, elle posa sur le rebord de ce balcon une bouteille de champagne et deux coupes; une deuxième refroidissait dans le freezer, qui ne fut pas inutile. C'était en juin et la nuit tardait à tomber, les crachements agressifs de la chatte à l'encontre de Frédéric les faisaient rigoler. Ils maintinrent ces rendez-vous sur le balcon une partie de l'été, variant pastis, saint-estèphe ou champagne, jusqu'au départ soudain de Frédéric pour les territoires palestiniens. À son retour, le premier soir, tout excité par ces retrouvailles sous un soleil couchant orangé, il se précipita pour sortir bouteille et glaçons, mais Emese prétexta un spasme à l'estomac pour décliner sa coupe.

Elle était allée au théâtre avec des copains. Il entendit les deux coups de deux heures, l'hôtel s'était endormi, la rue aussi. Elle était certainement allée boire un verre, ou peut-être dîner. Frédéric ne songeait pas à rentrer ni même à chercher une veste chaude. Il regardait au loin les phares de bagnoles qui striaient l'avenue des Gobelins.

Une voiture ralentit au pied de l'immeuble et s'immobilisa en double file. Pendant une minute, rien ne bougea sinon les lumières rouges des clignotants ; puis deux portes s'ouvrirent d'où sortirent des garçons et des filles, dont Emese vêtue de son manteau noir. Elle se laissa embrasser par les autres, se tint droite un instant pour faire un signe de la main à la voiture qui démarrait et se dirigea vers l'entrée de l'immeuble.

Lorsqu'il perçut le bruit de l'ascenseur, Frédéric rentra dans le salon et saisit un bouquin. Emese lança son manteau sur le canapé et un « Ça va ? » anodin.

Elle secoua ses cheveux. Ses yeux brillaient d'une humidité gaie, Frédéric lui proposa une tisane.

« Alors, cette pièce…

— Quelle pièce? Ah, non, je m'étais trompée, nous sommes allés à l'Opéra. Un copain avait des réservations depuis longtemps.

— Garnier?

— Non, Bastille. »

Frédéric insista :

« C'était qui?

— *La Traviata,* avec Angela Petrilascu.

— Je veux dire : tu as passé une belle soirée avec des gens sympas?

— Angela Petrilascu vous gâche rarement la soirée. »

10

Le panier à linge débordait. Emese le porta au salon et installa la table à repasser. Elle se délectait à l'avance, car elle adorait le repassage. De temps en temps elle aimait aussi cuisiner. Mais le plaisir de mijoter des plats de chez elle pour des invités, ou celui de remplumer Frédéric qui revenait toujours amaigri, lui demandait beaucoup d'énergie et d'imagination.

Le repassage, comme pour d'autres la marche, lui permettait de rêvasser. Elle aimait lorsque Frédéric revenait avec un énorme balluchon de linge sale, le plus souvent très sale. De plus, lorsqu'il était là, il mettait beaucoup de cœur, de son côté, à faire la vaisselle et enlever la poussière ; il n'hésitait pas à nettoyer la caisse de la minette, descendre la poubelle, et se montrait très prévenant à l'égard de la Peugeot bleue. Tous deux s'amusaient de cette vie domestique.

Emese mit *La Valse oubliée* de Franz Liszt, interprétée au piano par György Cziffra. Dans l'appartement familial, à Szeged, les disques de György Cziffra occupaient la moitié de la place du bahut sur lequel trônait un tourne-disque est-allemand : récitals de Liszt, de Chopin ou de ses propres *Fantaisies gitanes roumaines*, à Berlin, New York. Il était l'unique artiste exilé dont le quotidien local de Szeged relatait les triomphes à l'étranger ; on publia sa photo en une, lorsque le musicien brandit sa première baguette de chef d'orchestre. Emese avait suivi les cours du conservatoire de Szeged grâce à une bourse György Cziffra, avant de s'orienter vers la danse et la valse. Lorsqu'elle débarqua à Paris, elle fut bouleversée de l'entendre, lors d'un de ses derniers concerts à la salle Pleyel, qu'elle raconta pendant trois heures au téléphone à ses parents.

Après avoir fini les chemises, rangées en piles jumelles dans le placard, Emese se prépara du thé. Elle s'apprêtait à remplacer Liszt par Chopin lorsque retentit la note annonciatrice d'un e-mail sur l'ordinateur que Frédéric avait oublié d'éteindre avant de partir. Il était à l'attention de celui-ci et titré « Loup d'Abyssinie » ; pour la première fois, elle fut tentée de l'ouvrir, sans doute à cause du titre, et parce que l'exception confirme la règle, se dit-elle en manipulant la souris.

« Je t'écris ce message parce que depuis ma fenêtre, je vois un loup. À moins d'une cinquantaine de mètres, allongé depuis quelques instants entre deux rochers. Il a le gabarit d'un gros chien, avec une curieuse tête de renard. Son museau est long et mince. Ses oreilles pointues, sa gueule rousse, son poitrail blanc avec un collier de poils brun fauve. Mais c'est un loup. On l'appelle loup d'Abyssinie, certains disent loup Falacha. On n'en voit jamais si près des maisons, mais plutôt dans le désert. Il me fait penser à ce loup qui avait surgi un soir sur la falaise, au-dessus de Qumram, et que nous avions observé en silence pendant de très longues minutes, tandis qu'il chassait, à l'affût, des bouquetins.

Tu devines que ce n'est pas de Jérusalem que je le vois. J'ai en effet déménagé. Judith ne supportait plus la tension. Elle ne redoutait pas les risques d'affrontements, mais suffoquait dans cette atmosphère malsaine. Au fond, je pense qu'elle n'acceptait plus d'être haïe. Les enfants, surtout, devenaient trop fébriles pour dormir. La vérité est que, moi aussi, j'en ai eu marre. Un jour, je t'avais dit que la seule façon d'être israélien consistait à dire quotidiennement bonjour à un Palestinien et à lui demander de ses nouvelles. Je n'y crois plus, momentanément ou définitivement. Je pensais qu'il était impossible de s'habituer à la guerre – parce que tout le monde en sort perdant –, qu'elle devait devenir intolérable, et je n'en suis plus si sûr. Je crois au contraire que nous nous accoutumons à ses facilités. La nôtre diabolise un bouc émissaire tout désigné à la moindre tension. Elle brasse périls et régressions, conforte une mentalité d'assistés haineux, angoissés, méfiants. Elle imprègne peu à peu notre culture, notre regard sur la planète, sur nous-mêmes, de part et d'autre de la ligne verte, elle appartient au paysage.

J'ai quitté mon job à la Conférence des eaux de Cisjordanie, mais pas la Compagnie. Je suis ingénieur à Dimona. Nous vivons maintenant à Yerosham. Cela se situe au cœur du Néguev. Une bourgade moderne, et bon marché, comme tu dirais ; beaucoup de pavillons et de libres-services, des synagogues et des bibliothèques préfabriquées, des pelouses artificielles. Pas de pierres bibliques, ou si peu, car dans ce pays on en trouve toujours quand on veut fouiller. Donc, une petite ville assez laide mais sympathique, sans barrières ni sirènes.

Nous habitons une maison à cinq kilomètres du centre, au bord du désert qui s'étend juste derrière les cactus de notre jardin, sur une première dune. La lumière est éblouissante pendant la journée mais douce sinon. Nos voisins sont charmants : d'un côté des Écossais, retraités nostalgiques des kibboutz, anciens de la campagne de Tobrouk, universitaires reconvertis dans l'agriculture ; de l'autre des Russes d'Astrakhan, très farfelus, genre agriculteurs reconvertis dans le violon, qui deviennent plus juifs chaque jour, néanmoins joyeux et le cœur sur la main. Tout respire le calme, on n'entend guère d'autres bruits que celui de camionnettes qui passent au loin. L'école des enfants est formidable. On y apprend l'histoire d'Abraham sans allusion polémique, la physique-chimie sans mention des Prix Nobel à consonance juive, et on y joue au foot sans crainte des alertes ou des moqueries.

On trouve parfois ton journal dans une librairie de Yerosham. Je t'ai donc suivi de loin en loin et surtout en Tchétchénie. À plusieurs reprises, dans la presse anglo-saxonne surtout, j'ai lu le mot génocide à propos des massacres de Tchétchènes. Chaque fois, ça m'a fait sursauter. Il est vrai que nous, Ashkénazes, nous sursautons dès que le mot génocide est prononcé et qu'il ne s'agit pas de nous. J'ai compris cela après ce que tu m'as raconté à ton retour du Rwanda. Cependant, au-delà des chiffres et des images, il me semble que la vie est trop intense, là-bas, pour que l'on puisse même évoquer l'idée de l'extermination. Quand se perpétuent des mariages, des marchés, des fêtes de fin d'année scolaire, des ramassages de patates, des trafics de cigarettes, des marchands de cartes postales, des diseuses de bonne aventure et des retransmissions de hockey, il ne peut y avoir de génocide. Il me paraît que les gens ne pourraient pas raconter leur tragédie avec autant de colère, ne pourraient se révolter ainsi, s'ils étaient menacés d'extermination. Il me semble aussi que toi tu n'oserais pas écrire des reportages, décrire des paysages avec des touches impressionnistes, parfois presque bucoliques, et des histoires d'amour un brin lyriques ou cocasses, avec un début et une fin, si tu avais admis l'idée d'une extermination. Je suis curieux de savoir ce que tu en penses.

Cela dit, quels mots employer ? Comment y penser ? Être juif, être tutsi, être arménien, cambodgien, peut-être tchétchène ou indien, quelle qualification ? Quelle destinée ? Quelle fierté ? Quelle culture future ? Quelle malédiction ? Quel gouffre sans fond ? Ou même être palestinien de Khan Yunis ? Ou planteur dans le Kasaï, ou gamin des bidonvilles de Monrovia, ou femme privée de savon à Kaboul ? Quelle différence ? Quelle parenté ? Sinon que nous sommes tous nés sans étoile au-dessus de nos têtes.

Parfois je me dis cela : certes, moi, je suis certainement né sans bonne étoile, mais, au contraire d'autres en Tchétchénie ou ailleurs, j'ai eu la chance de pouvoir trouver un petit coin de ciel magnifique dans ce désert du Néguev, où il semble rester quelques étoiles encore disponibles, étoiles jokers, étoiles oubliées ; ciel sympathique qui permet de faire semblant, au moins pour les enfants.

Mais toi, Frédéric, pourquoi t'éloigner de la tienne ? Toi qui es bien né sur cette terre, à une bonne époque, au bon endroit, avec une bonne tête, avec cette chance inouïe que ta mère ne t'ait pas mis au monde dans un bas-fond de la guerre, sans autre choix que de survivre (quel mot incongru, sousvivre, oui) assez profondément pour oublier. Toi qui avais ta place dans ce douillet ghetto européen, libre de penser aux bonheurs, aux inventions, et même aux tracas et chambardements du monde – comme moi désormais dans mon désert –, pourquoi cette obstination à t'en échapper? Qu'est-ce qui te pousse à t'enfoncer dans les ruines, à crapahuter sur les monticules de gravats pour raconter le chaos? Qu'est-ce qui t'incite à quitter les tiens pour rejoindre ces gens?

Est-ce pour perturber les tiens? Pourquoi cet entêtement de la confrontation? Je me souviens d'un soir, au café Dizengoff, tu expliquais que le reporter était un sous-intello sur-engagé malgré lui, et qu'il ne pouvait renoncer à cette triple aubaine. Est-ce si vrai? N'est-ce pas plus trouble que ça?

Je me rappelle aussi d'une virée à Ramallah pendant l'Intifada. On attendait en buvant du thé. On parlait, plus exactement les autres parlaient, de littérature, de l'écriture du romancier et du reporter. À l'évidence saturé par la discussion, tu as dit quelque chose comme: "Le talent du reporter, ce n'est pas une affaire d'écriture mais d'attitude, c'est l'art de s'éloigner et de se mettre de côté, entre ici d'où il vient et là où il va, de former une espèce de triangle, de se mettre un peu à l'écart de ses lecteurs et de la guerre. Pas à mi-chemin, mais seul de côté, et à partir de là, s'il est convaincu qu'ici et là devront vivre ensemble, une représentation, une mise en scène, l'écriture iront de soi." Et tu as dit une expression qui nous a tous fait rire sur le moment, je ne sais pas pourquoi après coup : "C'est l'art de rompre des attaches avec ceux qu'on quitte et d'en nouer d'autres avec ceux qu'on rencontre, puis de rompre celles qu'on vient de nouer, avant qu'il ne soit trop tard, pour renouer avec les premières ; et de nouer les premières aux secondes." Et tu as ajouté quelque chose comme : "Le reporter ne part pas à la guerre pour ses lecteurs, tout content d'aller observer les gens se débattre, mais parce qu'il aimerait faire que les uns et les autres puissent se regarder et débattre, ou débattre entre eux." Pourquoi ? t'a demandé quelqu'un. Tu lui as répondu en riant : "Pour que les gens dans le conflit se sentent moins seuls, mais aussi pour que ceux de l'extérieur se sentent, au contraire, plus seuls face à ce conflit."

Jusqu'où ce bla-bla ? Crois-tu à ton personnage ? Crois-tu qu'il puisse convaincre tes amies et amis ? Il n'y a pas longtemps, comme je voulais répondre à une question d'un gamin sur les journalistes internationaux qu'on croise partout dans la région, j'y ai repensé. J'ai été foutrement incapable de lui expliquer ce que tu avais voulu dire. Est-il possible d'imaginer croiser des regards si éloignés ? Mais plus encore, cette histoire d'attaches me laisse pantois, ou me fait peur. Un jour se présentera un lien que tu ne pourras plus rompre ou, pire, un lien rompu que tu ne pourras plus renouer.

Penses-y. Par exemple à celui qui te relie à la si ravissante étoile qui s'obstine à veiller sur toi et tes caprices ? Pourquoi ce dédain pour elle ? Est-ce autre chose que du dédain ?

Lorsque tu reviendras à Jérusalem ou à Gaza, fais un détour et rends-nous visite. Le paysage est merveilleusement bienveillant tout autour. Des dunes, des campements de Bédouins sympathiques qui vendent tout ce que tu peux aimer fumer, des sources d'eau dignes de péplums, des palmiers et des champs d'oliviers, comme tu l'imagines. Une chaleur torride telle que tu l'aimes. Une route droite et des bars à bière, avec de chouettes nanas en short. Pas loin de chez nous, on peut descendre dans un canyon aux parois presque argentées, au fond duquel se cache un lac glacé. Plus loin, Sodome l'antique, si tu préfères. Lors de nos excursions, nous rencontrons des fennecs, des vipères, des aigles, des hyènes et toutes espèces de gazelles. On parle de léopards.

Fais attention à toi. Ariel. »

Emese referma le message, débrancha le fer à repasser sans se donner la peine de rien ranger et enfila son manteau. Cinoche ? Institut du monde arabe ? Elle avait envie d'air et choisit de marcher. Elle enveloppa une tarte aux mûres qu'elle glissa dans son cabas, avec un bouquin. Elle y installa aussi la minette et sortit en ajustant sur sa tête un bonnet de laine assorti à son écharpe. Elle prit la rue du Fer-à-Moulin.

Emese aime le Ve arrondissement. Plusieurs copines ont tenté de l'attirer rive droite vers le Palais-Royal, ou vers le Marais ou le canal Saint-Martin, mais elle n'a jamais voulu en entendre parler. Quand elle a débarqué à Paris, dans une chambre de bonne, à la Fourche, où elle a commencé par des boulots de ménage, elle s'est juré qu'elle s'installerait un jour dans un appartement du quartier le plus diamétralement opposé et n'en bougerait plus. Une fois Frédéric a lui aussi évoqué la rive droite, plutôt les quartiers du coté de Charonne jusqu'à Gambetta, où il a plus de copains. Elle lui a répondu mot pour mot:

«Le charme des nouveaux quartiers cosmopolites, très peu pour moi. Quand on a rêvé de Paris à Szeged, en regardant les photos de guides interdits par la censure, on n'a pas imaginé un quartier popu branché, on est fidèle au classique. Ça se comprend, non?» Il avait opiné de la tête.

Elle aime la cinéphilie du Champo, les façades de l'Estrapade, les rues pavées et tortueuses autour du Panthéon, l'hôtel de Cluny, le passage des Postes, le hammam de la mosquée qui lui rappelle un peu les thermes de Szeged. Elle apprécie le chic guindé de Chez Marty le dimanche. Elle aime la tranquillité ennuyeuse du quartier, le dérisoire de son allure gauche caviar, elle s'amuse du style bobo du marché Mouffetard et de l'arrogance universitaire des gens de la rue qui ne l'agressent jamais.

Elle hésite à poursuivre jusqu'aux quais, mais bifurque vers les arènes de Lutèce, qui s'ouvrent à elle, désertes. Elle s'assoit sur un banc, la minette saute à terre. Pour des raisons mystérieuses, les arènes sont le seul endroit à Paris où la minette accepte de s'éloigner de quelques mètres du cabas. Emese envoie un texto à Magritt et suit la chatte qui fait semblant de partir à la chasse aux moineaux.

Le jour s'est assombri lorsque apparaît la silhouette de Magritt agitant la main.

Emese avait fait la connaissance de Magritt dans la galerie de l'ambassade de Hongrie, où elle venait de se faire confisquer son passeport périmé. C'était encore l'époque du rideau de fer. Un peu éberluée, elle s'était assise sur un canapé et s'apprêtait à imaginer sa nouvelle vie d'apatride lorsqu'elle entendit: « Vous aussi ? Ça s'arrose, comme ils disent dans ce pays. »

En face d'elle, une fille abaissa une revue qui masquait son visage, montrant ainsi un sourire espiègle et une élégance budapestoise repérable au premier regard provincial d'Emese. Elle jeta sa revue sur la table et tendit la main : «Magritt.» Elle lui dit à voix basse qu'elle venait de connaître la même mésaventure dix minutes plus tôt et l'entraîna dans le premier café de la rue Bonaparte. Elles s'aperçurent qu'elles étaient arrivées en même temps à Paris, quatre mois plus tôt, l'une avec un visa de transit en provenance de Szeged, l'autre grâce à une bourse des Beaux-Arts de la capitale. Elles trinquèrent à la vie géniale qui les attendait et devinrent les deux meilleures amies du monde, toujours prêtes à s'épauler.

Charmeuse, Magritt frappait à plus de portes qu'Emese, d'abord celles des cercles d'exilés d'Europe centrale, où régnait un humour «guerre froide» qui à la longue devenait pesant ; puis celles des milieux plus précieux et amusants de la peinture, dont elle raffolait et où elle tirait sa copine par la manche. Ainsi dans les premiers mois, après le boulot, Emese allait attendre Magritt à la sortie de l'Alliance française ; et elles partaient ensemble à un vernissage ou à une soirée, si Magritt le décidait, à un concert ou au cinéma, si Emese choisissait, ou au bistrot certains soirs pour écluser des verres et confronter leurs aventures.

Avec le temps, la chute du Mur et les amours espacèrent leurs soirées, mais un texto suffisait à battre le rappel.

Magritt extirpe de son sac une bouteille de pálinka «de prune!» et deux verres. Emese, sa tarte et des serviettes, qu'elle pose entre elles sur le banc.

«Frédo s'en retourne faire le zozo?

— Non, pas ces jours-ci, à ce que je sache. Pourquoi?

— Tu as rencontré un amant? Tu es enceinte?

— Non. Et toi?»

Magritt éclate de rire, et tend la bouteille en direction de son verre:

«Bien. Moi non plus. À la nôtre. J'écoute.

— Crois-tu que nous sommes bien nées? demande Emese. Je ne veux pas dire avec de jolis lolos et une tête bien faite. Mais bien venues sur terre?

— Voilà une très étrange question dans ta bouche, jolie Emese. Qu'aurais-tu souhaité de mieux? Une famille d'avocats de la 22e Rue à Manhattan? Fille de toubib à Stockholm et propriétaire d'une île où draguer les garçons pendant les vacances? Femme de tennisman? Diplômée des Beaux-Arts à Rome, de sémantique à Oxford, ou réciproquement? Emese, on s'embêterait à mourir.

— Mais penses-tu que la naissance soit décisive? Que c'est d'abord une affaire de bonne étoile au-dessus de sa tête?

— Franchement, quand je vois les images de guerre, je ne suis pas loin de le penser. Celui qui passe tout son temps à survivre ne peut profiter de la vraie vie, il ne peut se laisser bercer gentiment. Quand on ne pense qu'à se protéger ou à s'insurger, on perd le plaisir de papoter aux arènes de Lutèce... Une bonne étoile, ça se joue à si peu. Regarde, Szeged-Vukovar, c'est quoi? Deux heures de route?

— Tout juste, avec la Skoda de papa. Moins avec la Peugeot.

— Tu te rends compte, à deux heures de route, tu regardes le même ciel, près de la fontaine allégorique, au milieu des statues de marbre de la place Istvàn-Széchenyi chez toi, ou au milieu de ruines de béton peuplées de spectres comme j'imagine Vukovar. Maintenant, c'est surtout une question à poser à Frédéric. Ce qu'il raconte est parfois troublant, non? À l'entendre, toutes les étoiles ne pâlissent pas au pire de la guerre, et on ne se sentirait jamais aussi intime avec son étoile que dans les moments les plus terribles. D'après lui, des gens découvrent qu'une étoile veille sur eux, et sur eux seuls, uniquement lorsqu'ils se trouvent sous un toit à moitié écroulé, coincés à un carrefour mitraillé, dans un exode précipité, une forêt. Et ils en retirent une forme de soulagement, ou de reconnaissance...

— Un peu mystique...

— Non, non, enfin, pas toujours. Et il n'est pas le seul à dire ça, il n'y a qu'à voir certains films.

— *Quand passent les cigognes*, par exemple? demande Emese avec un sourire malicieux.

— Par exemple, lui répond Magritt d'un sourire identique. Il n'empêche. A-t-on plus de chances d'attraper son bonheur ici qu'à Sarajevo ou à Bagdad? Ici, sans aucun doute. Pour moi c'est évident, mais je n'ai pas été là-bas… On peut prendre du plaisir au trac, mais pas aux menaces. En tout cas, plus la mort est sauvage, plus elle vous guette, plus les illusions fuient, moins le bonheur résiste. Ça, personne ne pourra nous convaincre du contraire. Bon, ne laissons pas s'ennuyer cette pálinka. Mais, Emese, de quoi t'inquiètes-tu?

— De rien. Que dis-tu de ma tarte aux mûres?»

11

Emese s'était mise au lit vêtue d'un tee-shirt et d'une paire de chaussettes, comme chaque fois qu'elle laissait la fenêtre ouverte, en hiver. La chatte s'était nichée entre sa joue et son bras.

Frédéric leur tournait le dos, à l'autre bord du matelas. Dans l'obscurité, il observait les traces de peinture écaillée sur la plinthe en bas du mur, qu'il connaissait par cœur. Son désarroi allait grandissant. Il se mit à inventorier tout ce qu'il devait faire dans les prochains jours et se sentit envahi d'une angoissante solitude. Il se persuada qu'il n'y parviendrait jamais. Tout lui parut soudain insurmontable. Il pensa qu'il s'était engagé trop loin. Il savait qu'il avait tort de se crisper à cette pensée, mais ne pouvait s'en empêcher, et il appréhenda une nouvelle crise de panique. Il savait qu'il était trop tard, qu'il n'avait plus la force de faire le premier geste pour se lever, s'habiller, sortir dans la rue. Et se sentait incapable de se tourner vers

Emese dans cet état. Dans ces moments, il ne lui restait qu'à se taire, ne pas bouger. Il se raidit, trop fébrile et paumé pour oser un mouvement. Il ne quittait plus des yeux la plinthe de bois blanc. Encore une fois, il tenta de se souvenir depuis quand ces crises le prenaient, si elles avaient débuté avant le journalisme ou pas, en vain. Il se rappelait seulement qu'elles le saisissaient exclusivement ici, et jamais en voyage.

Il n'irait plus là-bas, la guerre allait lui manquer, y penser suffisait à le calmer un peu. Il se rappela alors comment sa crise ne tarderait pas à s'estomper, à lui paraître grotesque. La panique ne l'abandonnait pas encore, mais bientôt elle lui semblerait dérisoire. Peu à peu une torpeur l'absorba, comme un soulagement, d'une certaine façon pareil à celui qui, à l'aube, succède à une terrible rage de dents nocturne. Il sourit et serra les poings. Il pensa à Argoun, des souvenirs défilèrent. Peu à peu, un agréable sentiment de ridicule l'apaisa ; il faillit en rire. Il se recroquevilla, ravi d'être au chaud à côté d'Emese. Mais l'entendant marmonner et craignant de la réveiller, il se leva doucement, referma la porte du salon derrière lui, attrapa dans la bibliothèque des albums de Durango et de Comanche pour les bouquiner sur le canapé.

À son réveil, il devina la fourrure moelleuse de la minette sur son dos, signe qu'Emese était déjà partie ;

puis il remarqua un mot sur la pile de bandes dessinées : « J'espère que la tempête a chassé les mauvaises pensées au loin dans la sierra. Termine le gâteau au fromage, il est posé sur le frigo. Tu as besoin de te rembourrer les côtes et le reste. Le givre a blanchi le balcon et les toits aussi sont magnifiques. Je t'appelle. Emese. »

Il acheta *Paris Match*, avec en couverture un portrait d'Emmanuelle Béart, *L'Équipe*, *Le Monde* de la veille. Au Sporting, désert, il regretta l'absence de Luís dont il avait espéré la conversation, ses dithyrambes sur les joueurs portugais et ses aventures en camion. Il s'installa au bar pour lire.

« Des soucis ? Je vous offre un autre café ? lui demanda Anissa, la patronne, le sortant de sa rêverie.

— Non, non, pas de soucis. Merci pour le café, vous en prenez un avec moi ?

— Volontiers. Peut-être que vous avez de la nostalgie ? On dit qu'on est souvent nostalgique des guerres.

— C'est vrai qu'on est surpris par la nostalgie des gens après.

— Mais de quoi ? Pour être nostalgique, il faut avoir rêvé ; et rêvé de…

— Justement, rêver. Vous ne croyez pas si bien dire, Anissa. Ils ont rêvé à un moment. Regardez chez vous, à Alger, aux terrasses de la Casbah, dans les cafés de la rue Azzouzi ou de la place des Martyrs, si vous écoutez, encore aujourd'hui vous entendez des souvenirs nostalgiques, jusque tard dans la nuit.

— Oh, j'oubliais ça! C'en est même extraordinaire. Et l'on embellit, et l'on saute les passages qui fâchent. Oubliés les Melouza, les bleuites. Et c'est pareil à Mascara, pareil à Sidi Bel Abbès. Chez moi, dans le bled, près de Ghardaïa, il y a des anciens qui passent leur journée à revivre toutes les escarmouches. Ils s'assoient au boui-boui, ils sont vêtus du burnous, ils racontent les maquis dans l'Erd et ils continuent avec les Aurès. Mais on est nostalgique de quoi? De la bagarre, de l'aventure? Du changement?

— Je pense qu'on peut être nostalgique surtout quand on a l'impression que la guerre a donné un sens à sa vie.

— Vous étiez *fellah*, toute la journée derrière une charrue en bois tirée par un bourricot sur un hectare de terre brûlée et vous devenez *fellagha* dans les maquis, un fusil dans les bras, à tendre des embuscades à des salauds de colons, c'est ça?

— Ou vous vivez une grande histoire d'amour imprévue et inimaginable avec un homme ou une femme que vous n'auriez même pas envisagé approcher. À cause de son rang, de sa famille, de sa beauté. Ou vous étiez seul et timide et vous vous faites des copains pour toujours, avec des soirées de retrouvailles annuelles. Ou des choses plus physiques, les bivouacs, les nuits blanches dehors. C'est évident qu'au lendemain de l'indépendance il y avait plus de nostalgie chez vous que chez nous. La victoire n'explique pas tout. En fait, peu de bidasses français trouvaient un vrai sens à ce qu'ils faisaient là-bas, au contraire des *fellaghas*. Idem pour les *marines* américains qui se demandaient ce qu'ils pouvaient foutre dans la jungle, au contraire des *vietcongs*.

— Donc, la guerre peut donner du sens à une vie qui n'en avait pas? De la solidarité? De l'amour?

— On ne peut pas répondre. Trop risqué. Parce qu'Eichmann, qui était un médiocre représentant de commerce, peut penser aussi que la guerre a donné un sens à sa vie. Idem de Karadzic, un poète à trois sous, ou le type du camp S21 au Cambodge, ou ces chefs et barbouzes au Liberia, qui s'amusent à faire découper les bras des paysans à la machette. Disons que beaucoup de gens se sont sentis beaucoup mieux dans leurs baskets dans le rififi, pas uniquement les militaires, et en éprouvent des regrets après. Disons aussi que c'est de moins en moins vrai.

— Ce serait plutôt bon signe: moins de nostalgie, moins d'envie de recommencer, dit Anissa en souriant.

— Normalement oui, mais en réalité on constate l'inverse. Et voilà bien un truc angoissant de plus. Autrefois, la signification d'un conflit semblait claire. Créer un empire, romain ou napoléonien, imposer la bonne parole chrétienne ou communiste, repasser la Somme, chasser les colons. Défendre Stalingrad ou Alésia, soulever Alger, entrer dans Managua. Même embringué de force, même perdant à tous les coups, le gars pouvait admettre que d'autres savaient pour lui. Et avec un brin de fatalisme, il pouvait tenir la route et se faire des souvenirs. Aujourd'hui, allez trouver une signification en Colombie. Et dans le Kivu? Et même en Irak? À quoi peut croire un *marine* américain qui croule sous le poids de son équipement et la haine des passants qu'il croise à Falloujah, ou un milicien irakien barbu qui harcèle ce *marine* à Falloujah? Eux seront peu nostalgiques au bistrot. Pareil au Kosovo, en Sierra Leone, où la nostalgie est bouffée par la rancœur ou la déprime.» Frédéric rit, et reprit: «Mon Dieu, mon Dieu, il n'y a que des humanitaires pour en avoir la nostalgie.

— Vous êtes en train de dire que la guerre a moins de sens pour ceux qui la font aujourd'hui que pour ceux qui la faisaient dans le passé? Vous pensez que les bidasses d'Azincourt ou de Waterloo comprenaient mieux pourquoi ils se faisaient étriper que ceux d'Angola ou d'Irak?

— Je pense qu'ils pouvaient mieux admettre pourquoi on leur commandait de la faire. Mais on ne peut être affirmatif, puisque ce n'est plus aux mêmes qu'on pose la question.

— C'est-à-dire? On la pose maintenant dans les deux

camps? Dans celui qui gagne et dans celui qui perd?

– Oui, et d'autre part, à l'intérieur d'un même camp, on n'interroge plus les mêmes personnes, et ça change tout. Autrefois, ceux qui écrivaient l'Histoire faisaient parler les protagonistes motivés, dynamiques. Ils interrogeaient les chefs, les héros, les amoureuses des héros, ou les traîtres et les éminences grises. Et parmi eux, en plus, seulement ceux qui étaient capables d'en parler convenablement. Aujourd'hui ceux qui écrivent l'Histoire sont les journalistes, principalement. Et eux, ils s'intéressent beaucoup moins aux acteurs, beaucoup plus aux autres protagonistes. Depuis le début des années soixante, d'abord en Amérique...

– Pourquoi?

– Je suppose que les journalistes n'ont fait que prendre en marche un train d'intellos.

– À l'avant?

– Non, d'abord dans le wagon de queue. Dans la loco il y a les écrivains. Mais les journalistes ont remonté petit à petit les voitures en se mêlant dans les couloirs à tout ce monde. Car il en est de même pour des chanteurs, des philosophes. Et à cette époque, ils s'ingénient à faire parler ceux qui ne sont ni décideurs, ni héroïques, ni gagnants. Surtout ceux qui ne sont pas encouragés à parler, les femmes, les blessés, les déserteurs. Ils se tournent même vers les gamins, les paumés ou cinglés. Il s'en dégage une tout autre atmosphère. Un autre sentiment.

—Ce n'est pas propre aux guerres. À partir de cette époque, on fait parler les prisonniers dans les prisons, les fous dans les hôpitaux, les immigrés dans les foyers Sonacotra.

—Et donc les bidasses qui ont torturé en Algérie ou au Vietnam, et on photographie ce qui n'était pas photographiable... Cela dit, je pense aussi qu'il existe une autre confusion en ce qui concerne la guerre, plus importante. Elle est liée à la Shoah, et à la découverte qu'on en fait, parce que les années soixante, c'est aussi l'époque des premiers longs récits sur les camps, ou des longs métrages, et ce n'est pas pour rien...

—Là, je ne vous suis plus très bien. Franchement, Frédéric, je ne vois pas du tout de relation entre l'extermination des Juifs et la nostalgie de la guerre.

—Si. La découverte des camps sur le tard, par les écrivains ou les cinéastes, ou les journalistes, je veux dire la découverte réalisée, pas seulement sue. Elle marque le début de la fin d'un certain romantisme de la guerre. D'une épopée, d'un lyrisme. Vous avez lu *La Chanson de Roland* ?

—Magique, première année de fac.

—Impensable de l'écrire après Treblinka, je veux dire impensable d'écrire aujourd'hui un poème aussi féerique sur la guerre.

—Je suis sûre que la beauté de la lecture est intacte. Ce qui est écrit ne bouge pas, ni le plaisir qui va avec.

—Bien sûr, Anissa. Et plus que jamais. Car ce ne

sera pas écrit de nouveau. Mais ce qui va être écrit va bouger, si je puis dire.

—Vous voulez dire qu'aujourd'hui un poète ne pourrait oublier les paysans écrabouillés et les paysannes violées au passage des chevaliers francs?

—Exact. Ça n'empêche pas la poésie, mais une autre poésie.»

Frédéric aimait bavarder avec Anissa, plus qu'avec son mari qui avait tendance à énoncer des vérités sans beaucoup écouter son interlocuteur. De plus, comme beaucoup d'Algériens du Sud, elle se distinguait par une sereine gaieté, même lorsqu'elle racontait son pays.

Elle était née dans une oasis, près d'une ferme de colons. Son grand-père et son oncle avaient été tués par les Français dans les maquis, ce qui lui avait facilité l'obtention d'une bourse d'État pour étudier à l'université d'Annaba, où elle avait rencontré Rachid. Tous deux professeurs de lettres au lycée, ils avaient subi les menaces des islamistes au début de la guerre civile des années quatre-vingt-dix et avaient fui le pays pour débarquer en France, avec leurs trois filles, et prendre en gérance ce bar, propriété d'un cousin.

Aucun des deux ne se plaignait jamais de cette bifurcation du destin, l'éducation de leurs enfants devenant leur unique préoccupation. Mais, tandis que

Rachid ne pouvait parfois dissimuler son malaise ou son ennui, Anissa s'attachait à ne montrer qu'enthousiasme, à bien nourrir ses clients et à converser avec les habitués du quartier.

Après avoir servi des cafés en salle, elle reprit :

«Et alors, pour en revenir au sens de la guerre, vous pensez que c'est pire de tuer sans savoir pourquoi?

— On repart pour un tour, alors un café. D'un côté, non, c'est moins pire, si je puis dire, parce qu'on ne tue pas autant. Rien de plus meurtrier qu'une guerre inspirée par une grande cause. Mais d'un autre côté, ne pas trop savoir pourquoi, c'est plus angoissant. Moins de grandes causes, moins de grandes idées, et par conséquent davantage de petits conflits, plus ou moins oubliés ou larvés. Pas plus, pas moins de sauvagerie, certainement; mais beaucoup plus de victimes civiles en proportion.

— Il y a plus de victimes civiles, ou il y a plus d'images de télé sur les victimes civiles? Quand on lit les bilans des grandes guerres, ils sont tout de même effarants.

— En nombre, on ne peut pas savoir. Mais en proportion, on tue plus de civils, et cela, sans contestation possible. Aujourd'hui, on vise souvent les civils en premier, délibérément. Dans *La Guerre des Gaules*, Jules César écrit de temps en temps que les légions passaient des villages au fil de l'épée. Et Napoléon n'y est pas allé avec le dos de la cuiller. Mais l'objectif principal n'était jamais de tuer les populations civiles. Aujourd'hui si, depuis peu. Parfois les dommages collatéraux consistent à blesser des militaires. Tuer les civils pour les chasser comme en Bosnie, les exterminer comme au Rwanda, un peu des deux comme en Tchétchénie. Ou tuer des civils parce qu'on ne parvient pas à tuer des militaires et qu'il faut bien tuer pour activer la machine. La guerre nécessite une tension permanente.

— Si le nombre de morts n'est pas plus élevé, ni la sauvagerie, c'est important ?

— Peut-être que ça change tout. Vous savez Anissa, je ne tiens pas à parler de l'Holocauste avec vous. À cause de ce qui se passe en Israël, je sais que vous êtes très révoltée. Néanmoins, je suis sûr que l'Holocauste a radicalement changé la façon de faire la guerre partout dans le monde. Après Auschwitz, on nous a beaucoup rabâché du "Plus jamais ça!", mais derrière il y a aussi le "Pourquoi pas ça?" qui en découle et que d'autres prononcent dans le dos ou à voix basse. Ce n'est pas par hasard si les armées ont commencé à prendre systématiquement les civils en otage ou pour cible au lendemain de la Seconde Guerre mondiale. Et quand une armée a pour ambition première de tuer des civils, elle a pour ambition seconde d'en tuer plus encore. Et elle se dira que, puisqu'elle en a tué tant, elle peut en tuer encore autant, et elle sera tentée de les tuer tous.

— Vous pensez que le génocide est une idée moderne?

— La tentation du génocide fait partie de la logique de la guerre depuis la nuit des temps. Pour ceux qui commandent ou ceux qui se trucident. Tuer tout le monde pour masquer son impuissance à gagner. Ou pour se venger, pour combler sa fureur, atténuer sa douleur, soulager l'attente. Pour se damner et pourrir l'âme de son copain avant le terminus. C'est un sentiment très fort, quasi inexistant au début des affrontements, mais terrible vers leur fin: chavirer ensemble, jusqu'au bout. Je crois que les chefs de guerre aujourd'hui goûtent de plus en plus à cette tentation.

— Avec plus ou avec moins de tentation pour les journalistes d'aller là-bas?»

Ils rirent ensemble.

En fin d'après-midi, au moment d'allumer la lumière pour continuer à lire sur le canapé, Frédéric jeta son roman sur le parquet. Il s'ennuyait. Dans la matinée, il avait téléphoné pour proposer un coup de main au desk du service Étranger, et s'était entendu répondre à travers le plateau: «Qu'il nous fiche la paix et en profite pour respirer le bon air, cela ne va pas durer. Parti comme c'est parti, ils vont droit dans le mur, là-bas.» Dépité, il se rendit chez son coiffeur du boulevard Arago, qui s'esclaffa: «Oh, la tignasse! Un siècle qu'on ne vous a vu! Vous êtes donc sur le départ?» Frédéric était aussi brun et bouclé qu'Emese était blonde; ce qui avait donné lieu à de nombreux paris entre eux deux, tout au début de leur liaison, sur l'éventuel produit de leur croisement.

«Non, non, juste comme ça, marmonna-t-il au coiffeur.

— Bon, je vois. Besoin de changer de tête, et peut-être ce qu'il y a dedans, asseyez-vous... Je vais d'abord vous raser au coupe-chou, ça vous rappellera vos barbiers de là-bas, je commence à vous connaître.»

En sortant, il alla chercher la Peugeot au garage et en profita pour faire remplacer les vieux haut-parleurs par des baffles haut de gamme, encastrés dans les portières, qui raviraient Emese. Il acheta des bidons d'huile et descendit des bassines de l'appartement pour vidanger la moto dans la rue. De nouveau oisif dans le salon, il laissa des messages sur des répondeurs téléphoniques.

Puis, il se rendit au Sélect pour bouquiner en compagnie humaine. Il commença par chercher dans *Le Monde* la chronique d'Alain Lompech, qui titrait ce jour-là: «De l'art de creuser de beaux trous sans tout salir à l'entour», et débutait ainsi: «Il fait frisquet, le ciel est clair, le vent souffle. La terre est ressuyée et on peut enfin la travailler. Rien de plus agréable que de sortir sa pelle-bêche ou sa fourchebêche pour creuser un beau trou pour planter un arbuste, un arbre ou un rosier…»

Antoine le rejoignit en premier, une cigarette aux lèvres et des journaux sous le bras, accrocha sa gabardine au portemanteau et posa son cartable. Il portait une veste bleu nuit et une cravate anglaise desserrée.

«Tu sais pourquoi une blonde sort dans la rue dès qu'elle voit l'éclair d'un obus?

— Non.

— Parce qu'elle veut être sur la photo.

— Une brune et une blonde se baladent dans une rue de Sarajevo. La brune donne un coup de coude à sa copine: "Oh, regarde, ils ont encore tué une cigogne." La blonde lève les yeux au ciel: "Où ça?"

— Alors? Vous avez terminé la soirée en vrac? demanda Frédéric.

— Beaucoup se sont volatilisés. Avec Dominique et Jorge, on est allés se finir au bar de l'hôtel Scribe, une idée de Jorge. Il y a ses habitudes quand il s'arrête à Paris. Je ne connaissais pas, chicos et sympa. Des gens du cinéma, des Anglais branchés, de grandes filles distantes, enfin pas si distantes, je pense que j'y repasserai.

— Tu as dormi toute la journée? Tu fais tes bagages?

— Non, je suis allé direct au *Monde*. Un peu de desk pour me débarbouiller le cerveau. J'ai déjeuné avec mes chefs. Ils ne savent pas où m'envoyer, ils hésitent. Ils cherchent quelqu'un pour aller relayer Claude à Karachi. Ou aller comme toi à Groznyï. Ou essayer le Kivu. D'ailleurs, Betty et Fabio vont passer, ils en reviennent.»

Antoine et Frédéric étaient assis sur des gravats, adossés au mur d'un immeuble en parpaings, dont les chars syriens détruisaient peu à peu les étages, à l'extrémité du camp palestinien d'El-Beddaoui, près de Tripoli au Nord-Liban, quand ils se saluèrent pour la première fois. Comme eux, une dizaine de reporters, surpris par la furie de l'assaut, s'étaient réfugiés là.

Une journaliste italienne, Elisabetta, de *La Republica*, avait trouvé place entre eux. Chaque fois qu'un obus atteignait l'édifice, elle se jetait vers l'un, ou l'autre, prenait son visage entre ses mains pour l'embrasser sur la bouche, jusqu'à ce que cessent les vibrations du mur. «*Scusa mi, ma si* je dois quitter ce monde, j'aime autant comme ça, et avec ce souvenir pour le voyage», leur répétait-elle à chaque fois, les lèvres encore humides, les faisant rire tous deux.

Antoine portait déjà à l'époque une cravate anglaise desserrée et une veste bleu nuit, couverte de poussière de plâtre. À un moment, il tendit la main à Frédéric par-dessus la tête d'Elisabetta : «Antoine, *Le Monde*. Content de te dire bonjour. On m'avait prévenu hier que tu allais venir. Je ne savais pas qu'on trouverait si vite prétexte à se jalouser, mais bon. Je ne sais pas non plus si les Syriens ont des raisons particulières de t'en vouloir, comme tu vois, ils sont de mauvaise humeur aujourd'hui. »

La bande attendit le crépuscule pour effectuer une sortie au sprint vers les voitures et s'échapper du camp vers la route de Beyrouth. Ils s'arrêtèrent en bord de mer, pour prendre un bain de nuit dans une eau tiède, au pied des ruines de Byblos. De retour à l'hôtel Cavalier, les Italiens envahirent la cuisine pour improviser une succulente *pasta party* arrosée de chianti classico.

À l'aube, Antoine vint frapper à la porte de Frédéric pour lui proposer une place dans une Mercedes déglinguée, en direction d'El-Beddaoui, où les bombardements avaient repris de plus belle. Par la suite, ils se retrouvèrent notamment à Kandahar, en Sierra Leone, à Zvornik, au Sélect.

Antoine vanta le dernier film de Quentin Tarantino. Adolescent, il avait testé sa vocation pour le cinéma, pendant six mois à l'école de la Femis, avant d'y renoncer, faute d'énergie pour jouer des coudes et, comme il le disait, « de se laisser embarquer dans le journalisme parce qu'il passait par là ».

Puis ils évoquèrent des images du robot téléguidé qui poursuivait son excursion sur les pierrailles rouges de Mars. De plus en plus distraitement, car ils prêtèrent une oreille attentive à la conversation de la table voisine où une éditrice, un auteur et vraisemblablement un agent littéraire mettaient sur pied des stratagèmes pour la sortie d'une biographie hardie, semblait-il, d'Emmanuelle Béart. Ce qui les captivait, car la comédienne, lors d'un passage chimérique à Sarajevo, les avait laissés l'un et l'autre énamourés.

Bientôt arrivèrent Betty et Fabio, et d'entrée ils entamèrent une discussion sur le Kivu avec Antoine. Frédéric emprunta le téléphone mobile de ce dernier et sortit sur le trottoir pour tenter de joindre Emese. À défaut, il lui envoya un texto : «Apéro, dîner, plus si affinité ?» Dans le ciel au-dessus du boulevard Montparnasse, une brume de pollution jaunâtre ne laissait aucune chance aux étoiles. Une nuit, tandis que Jasna et lui, assis sur une épave de péniche, admiraient le scintillement clinquant des étoiles de Vukovar et tentaient de les identifier, Jasna lui fit remarquer que les figures astrales n'avaient jamais été aussi claires et le ciel aussi limpide – «féerique en étoiles fuyantes», ajouta-t-elle –, que depuis les bombardements, la quasi-disparition des voitures et la destruction des usines.

Vérifiant sur le téléphone qu'Emese n'avait pas répondu à son texto, il revint à la conversation.

«Alors, vrai de vrai, tu n'as rien écrit ? demanda Antoine soupçonneux.

—Rien du tout, promis craché comme vous dîtes, répondit Betty. Mais ce n'est pas une décision réfléchie de ma part ou du staff. Je ne voyais aucune *story* à écrire.

—Bon Dieu, Betty, c'est la guerre depuis quinze ans, des millions de morts. En plus, personne ne se risque plus dans la région, un monde s'effondre, personne n'y comprend plus rien, eux non plus, et toi tu dis...

—Écoute, c'est pourtant ainsi. À Mbuji-Mayi, on grimpe dans un camion seulement pour tromper le blues de l'attente. Par une chance incroyable, ce camion n'est pas stoppé ou kidnappé en route, et on pénètre sans y croire dans le Kivu. Une piste rouge, des champs de sorgho en friche, des concerts de singes, pas une silhouette humaine dans les cases, le chauffeur roule, buvant bière après bière. Bon, le camion est réquisitionné à Wakilele, on se retrouve bloqués. On squatte l'ancienne mission des Pères blancs. Une chance, avec des étoffes aux fenêtres et des stocks dans la cabane de derrière. Quand on arrive, Wakilele est investie par des milices ougandaises. Quand on repart, elle est passée aux mains des barbouzes *interahamwe*. Entre-temps, l'armée rwandaise rapplique déguisée en milices pour liquider les précédents. »

Betty croqua les glaçons de son pastis.

« En sept semaines, la ville a changé quatre fois de

milice. Chaque fois des pick-up déboulent, suivent des batailles à la Kalachnikov et au lance-roquettes, des grenades et des mines sont lâchées en partant. Nous, on se planque dans notre chapelle et on ne voit rien. Dès que le calme revient, on s'avance dans la rue. Encore plus de baraques se sont effondrées. Tout le monde sort et se tait dans la ville. Des morts par terre, des attroupements autour, des nouveaux militaires, des razzias sur la farine, les bidons d'essence, des coups de klaxon. Aucune réaction des gens, comme s'ils regardaient un spectacle qui ne les intéresse plus. *It's unbelievable.* Même à Gaza, où ça dure depuis plus de cinquante ans, les gens continuent de crier, ils pleurent, ils se rassemblent dans les rues, ils jettent des pierres. Là-bas, rien, un drôle de calme, insupportable. Les militaires se fichent qu'on soit là ou non. Pas un sergent pour nous menacer ou nous débiter sa propagande. Pas un grand-père curieux de voir des Blancs à pied, pas un gamin soupçonneux nous suivant trois mètres derrière. Alors, moi, je ne sors jamais mon carnet de notes. Pourtant je l'ai toujours dans la poche. Quand, à la fin, on trouve un camion pour repartir, je n'ai pas écrit un mot. C'est la première fois que ça m'arrive et je m'en fiche. Parce que je ne saurai jamais de quelle manière débuter cette *damned story*. Elle n'a aucune signification pour personne.

— Sauf peut-être pour ceux qui lisent ton canard.

Pourquoi les repousser tout à coup? On n'écrit pas sur la guerre pour ceux qui la vivent, répliqua Antoine. Ceux-là s'en fichent bien la plupart du temps, en tout cas sur le moment. Tu as l'air d'avoir été tétanisée parce que tu n'existais pas à leurs yeux, ça me semble une réaction plus qu'étrange. Comme si tu espérais une reconnaissance de leur part pour être avec eux... Au Kivu, en plus.

— Bon, d'accord, on ne doit envisager aucune complicité ou aucune compréhension entre eux et nous. Surtout là-bas. Mais quand même des gestes humains, des mots, non? Le rejet absolu n'est pas vivable. Ils me regardent de loin. Ce silence. Ils m'avaient exclue, c'est ça, eh bien moi je fais avec. Ils se taisent, je me tais. Si une femme m'avait demandé ce que je faisais là, ou si elle m'avait demandé de l'argent, ou m'avait insultée, j'aurais sans doute sorti mon carnet. »

Antoine éclata de rire, alluma la cigarette de Betty avant la sienne:

« Vous, les Anglo-Saxons, vous avez toujours besoin de citations. Comme les historiens ont besoin de notes de référence en bas de page dans leurs bouquins. Sans ça vous avez l'impression que votre article ne tient pas debout ou n'est pas crédible. Un peu dérisoire, non?

— Si les gens vous parlent, vous avez moins l'impression d'être dans un autre monde, ou dans l'autre camp, d'appartenir à la même *bad team* qui leur vole leurs terres, leurs enfants, leurs espérances, leurs sacs de manioc, leurs jambes, leurs existences, *and what else?* Et qui leur volerait leur histoire en prime, sans rien demander. Toi, tu n'y penses pas? À lâcher tes lecteurs? Moi, maintenant j'y pense comme un photographe qui ne veut plus *shooter* à la volée…

— Respecter les gens, c'est plus que bien. Trop se respecter soi-même l'est un peu moins, émit Antoine.

— Tu veux dire quoi?

— Oublie, Betty, une méchante allusion, intervint Frédéric. Cela dit, même si tu partages le foufou chaque matin avec eux pendant six mois, à te faire tirer dessus comme eux par des zombis de guérilleros ou de mercenaires bourrés à la bière, et que leurs enfants te racontent leurs frayeurs, et que les anciens te racontent le bon temps, eh bien tu ne peux tout de même pas te faire d'illusions. Ces gens n'existent plus pour ces barbouzes qui se massacrent la gueule dans leurs villages. Ils n'existent pas plus pour notre monde et ils le savent. Ils se sont vus largués peu à peu de notre paysage. Pourquoi voudrais-tu, toi, exister pour eux? Ça me rappelle une jolie phrase d'une rescapée dans un village au Rwanda, une paysanne, une ado à l'époque, elle disait: "Le temps nous négligeait parce qu'il ne croyait plus en nous, et nous, désormais, on n'attend plus rien de lui."

— Au moins elle a dit cette phrase. Mais un reportage sans paroles, à la guerre, tu imagines? Le témoignage, malgré toutes les ambiguïtés…

– Qu'est-ce que tu aurais dit à Fao! glissa Frédéric en se tournant vers Antoine.

– Pourquoi Fao?

– Rien, rien, trop long à raconter», répondit Antoine, qui hésitait à détourner la conversation, car Betty semblait très affectée.

C'était une fin d'après-midi à Bassora, le soleil plongeait dans l'eau du Chatt al-Arab. Des bateaux de pêche remontaient vers les embarcadères.

Antoine et Frédéric étaient attablés sur la jetée pour siroter un arak. Ils parlaient des copines. Ils avaient choisi une table d'où ils pouvaient admirer, fascinés qu'ils étaient depuis le premier jour, de gigantesques statues d'airain: l'une représentant un aviateur, l'autre un artilleur, un parachutiste et tous les corps militaires, morts au combat, qui pointaient de leur immense hauteur un doigt accusateur vers la rive iranienne du fleuve, invisible dans les vapeurs des marécages.

Cela se passait dans les dernières années du conflit entre l'Irak et l'Iran. En compagnie d'une dizaine de journalistes, ils attendaient depuis deux mois l'autorisation, tous les soirs promise par un colonel moustachu du ministère de l'Information, tous les matins reportée par un adjudant moustachu, de se rendre sur la ligne de front, dans la région de Fao, au bord du delta, d'où le boucan des combats résonnait nuit et jour jusqu'à Bassora.

Après le tour d'horizon des copines, ils enchaînèrent par le sujet de conversation corollaire, à savoir : « Qui a quitté qui ? », ou : « Qui s'est fait plaquer par qui ? Et comment il ou elle l'a vécu », inépuisable question qui est aux reporters ce qu'est « Qui a été transféré où ? » aux footeux, ou « Qui a été nommé à quel poste ? » aux chercheurs ou universitaires. Questions ayant pour but aussi bien d'échanger des nouvelles des uns et des autres que de vérifier une inaltérable fatalité et d'apaiser ses propres angoisses.

Tout à coup, trois copains de TF1, du *Figaro* et du *New York Times* avaient surgi en brandissant des feuilles de papier tamponnées à bout de bras.

Ils grimpèrent dans deux bagnoles américaines et voyagèrent toute la nuit le long de l'embouchure, ralentis par les barrages de l'armée irakienne. Ils traversèrent Fao, son port ravagé par les bombardements, pour s'enfoncer dans une étendue de marais salants.

« Là, ce fut une scène dantesque, lunaire, dit Antoine. Pas un bruit, sauf des chants d'oiseaux dans les roseaux. Pas un mouvement. Un paysage écrasé à perte de vue, troué par des tonnes d'éclats de bombes. Une chaleur torride. Des tanks ou des avions calcinés. Une odeur de pourriture insupportable. Des dizaines de milliers de cadavres qui cuisaient au soleil sur des kilomètres de sable et de sel. Des corps éparpillés, ou empilés. Des chacals, des vautours, des vrais au cou pelé, qui nous regardaient comme des intrus. Et tu sais quoi, le plus terrible?

— Des *aliens* tentaculaires et visqueux surgirent de dessous les uniformes, plaisanta Fabio.

— Non. Pire. On s'est approchés de certains tas de cadavres dans des tranchées. Ils donnaient l'impression d'être morts endormis les uns sur les autres, on ne voyait aucune blessure, ni trace de sang. On ne comprenait rien. C'est l'un des chauffeurs, ancien pilote de chasse, qui nous a expliqué. Les types étaient morts à cause du bruit, véridique! À cause des explosions des bombardements. Leur organisme, leur cerveau ou leur cœur, avait claqué sous l'effet de la brutalité des ondes, tellement d'obus étaient tombés autour d'eux. Autant te dire que là-bas, l'ambivalence du témoignage…»

12

Apercevant au bar un copain irlandais qui lui faisait signe d'approcher, Frédéric se leva. Le copain voulait s'assurer des chances du trotteur azéri dans la dernière ligne droite du Prix d'Amérique. À ce moment-là Barbara entra et avala une longue gorgée du verre de Frédéric, qui effleura la courbure de son ventre.

« Tu as égaré ton bonhomme ? demanda-t-il.

— Parti ce matin avec une équipe de télé, à Falloujah. À propos, j'ai téléphoné à Linda, la copine d'enfance d'Isa, nous avons beaucoup sympathisé pendant sa captivité. Isa ne se sert plus de portable, mais comme promis elle lui envoie un e-mail tous les 1er du mois, laconique mais apaisant, paraît-il. Elle est bien en train de photographier l'Amazone près de Belém. Aucune précision ni projet de retour.

— Elle ne veut plus voir personne ?

— Je pense plutôt qu'elle ne veut plus être vue.

— Vous êtes inquiètes ? Ça fait combien de temps ?

— Plus de dix mois qu'elle a été relâchée. Entre nous, ce genre d'inquiétude est un vrai bonheur maintenant. Tu te souviens du cauchemar? *Mama mia!* »

Ils allèrent rejoindre les autres à la table. Frédéric s'assura qu'aucune réponse d'Emese ne l'attendait sur le portable d'Antoine. Betty continuait de croquer les glaçons d'un nouveau pastis. Frédéric lui dit :

« Pas simple, cette question du Kivu. Il faut bien se dire que les gens là-bas ne regardent plus le monde tourner comme nous, et avec raison.

— Ils ne se voient même plus dans un monde rond, avec d'autres gens dessus dessous, et la lune autour...

— Betty est prise de doute, sur les motivations... commença à expliquer Antoine, d'un ton gêné à l'intention de Barbara.

— Moi en tout cas, coupa Barbara, je ne doute pas que les motivations initiales des gens à faire la guerre changent en cours de route, au fil des événements, mais aussi au fil d'une atmosphère propre. Une sorte d'envoûtement surréaliste, ou d'hébétude, d'aliénation, je ne sais comment l'exprimer mais ça me turlupine. Et donc le sens de la guerre change, on le vit chaque fois de façon super-troublante.

— Et celui qui n'admet pas ça, du style : "Je connais ce conflit depuis le XVIe siècle, il va se passer ceci", ou "J'ai rencontré des mecs des services secrets, ils disent cela", celui-là va finir par braquer à l'envers dans l'histoire et se mettre complètement de travers.

— Regarde Groznyï…

— Ouh là! Laisse tomber Groznyï. Tu te vois poser cette question à ta voisine? Tu imagines sa tête si tu lui demandes si elle a l'impression que le foutoir dans lequel elle est plongée jusqu'au cou change de sens? Ou si tout ça a moins de sens aujourd'hui qu'hier?

— Et encore pire dans le Kivu, justement. Betty, tu te vois le demander à cette femme de Wakilele? Franchement, à cette femme sur le pas de sa bicoque à moitié écroulée, qu'est-ce que tu veux lui demander? Qu'est-ce que tu veux lui dire sur le sens, si elle ne t'adresse pas la parole? Que la guerre la rend encore plus humaine? La révèle au plus profond d'elle-même? Qu'elle va y puiser une conception nietzschéenne de la philosophie? Que sa dignité est un accomplissement de soi inouï, un exemple pour les générations à venir? Qu'elle est une inévitable oubliée de l'Histoire immédiate mais qu'elle ne l'est pas de l'Histoire universelle, parce qu'elle se trouve au cœur de la vraie interrogation de ce XXIe siècle? demanda Antoine.

— Et cette femme, à toi, si elle te parle, que veux-tu qu'elle dise? poursuivit Frédéric, reprenant le ton professoral d'Antoine. Que les chrétiens sont les rois des abrutis quand ils prétendent qu'au royaume des cieux les derniers seront les premiers? Parce que, elle, même en pole position à l'entrée du royaume des cieux, elle refuserait d'aller y mettre le nez, de crainte que ça pue trop à l'intérieur. De crainte d'y rencontrer les premiers, précisément, dont elle a subi assez de saloperies ici-bas. Ou qu'elle te dise pire.

– Pire? s'exclama Barbara.

– Tu veux qu'elle te dise que les normaliens de la rue d'Ulm qui soutiennent que l'homme n'existe pas pour ce qu'il est, mais pour ce qu'il fait, sont de sacrés couillons? Parce que, elle, elle se trouve dans l'impossibilité totale de faire quoi que ce soit de sa vie. Y compris de prendre la houe pour planter du manioc dans son champ, de choisir qui épouser, de blaguer ou s'engueuler avec sa voisine. Y compris de dire quelque chose de compréhensif à ses enfants qu'elle accumule au gré des viols. Rien faire que d'attendre un sac de farine du Programme alimentaire, de se planquer derrière un palmier à l'approche d'un pick-up de bidasses, pour au moins ne pas se faire sauter devant ses gamins. Tu veux qu'elle te dise que son choix se résume à attendre à l'intérieur ou à l'extérieur de chez elle, que sa vie c'est de ne rien pouvoir faire? À cause de tout ce que les militaires défont autour d'elle à longueur de journée. Rien faire qui puisse énerver des mômes défoncés à la bière et la coke, bardés de Kalachnikov, ou des casques bleus en croisade...

– Oh, là! Frédo, t'as une crise de palu?» diagnostiqua Barbara en riant et en lui tâtant le front du revers de la main.

13

Un jappement perçant de roquet retentit, celui de
Stanislas, le sans-abri couché sur ses cartons dans le
passage sous le boulevard de Port-Royal, pensa Emese
qui rêvassait allongée sur le dos.

La nuit n'avait pas encore quitté les plis des rideaux.
Emese n'eut pas besoin de regarder sa montre car elle
se réveillait tous les matins à la même heure, très tôt.
L'hiver, l'été, à Paris, en vacances, « c'était l'heure où
mon père faisait couler le robinet des toilettes, et donc
ma mère le robinet de la cuisine, et toute la famille se
levait car nous dormions dans deux pièces. Les voisins
s'y mettaient, car on entendait à travers les cloisons.
Et l'immeuble en entier s'agitait parce que tout le
monde travaillait aux mêmes usines. C'était comme
cela, à l'époque, dans les cités ouvrières en Hongrie, et
depuis une sorte d'horloge hongroise s'est incrustée
dans mon sommeil », avait-elle raconté un jour à des
amis qui lui avaient demandé sa première difficulté

d'adaptation à la vie française, précisant : « Dormir encore à huit heures du mat, à la mode parisienne, malheureusement je ne pourrai jamais. »

Elle se pencha au-dessus d'une bosse de l'édredon sous lequel avait disparu son compagnon, la tapota, mais n'obtint aucune réaction, pas plus que n'en provoqua le tohu-bohu d'une altercation canine dehors. Elle enfila en douceur un jean et un épais chandail de laine écrue, chaussa ses poulaines hongroises rouges et brodées, saisit un cabas, effleura du doigt le museau rose de la minette et referma la porte.

Le ciel était encore blanchâtre, les pavés du marché pas encore gras ; les commerçants, enjoués à cette heure matinale, finissaient de déballer. La poissonnière, une Bretonne boulotte et gaie, aimait beaucoup Emese dont elle ne manquait jamais de complimenter les longs cheveux fins. Elle lui présenta le brochet qu'elle lui avait réservé : « Vaillant comme celui-ci, vous n'avez pas mieux dans vos rivières, n'est-ce pas Emese ? Il saura profiter de votre marmite hongroise. » Le fromager d'à côté l'accueillit lui aussi gaillardement et lui découpa de la fourme d'Araules. Emese lui ouvrit son cabas, pressée de monter jusqu'au marchand de fruits.

Aujourd'hui, en effet, était un jour à rouler un strudel, l'une de ses spécialités, qu'elle affectionnait lorsqu'elle se sentait joyeuse. Devant un étalage de quetsches, elle eut l'idée de tenter une nouvelle recette. Elle s'arrêta chez le marchand prendre une pile de journaux, *Elle, Les Inrocks, Télérama, Le Monde* pour un DVD de *Nosferatu,* et *L'Équipe* pour lui.

Elle s'apprêtait à lancer ces derniers au pied du lit lorsqu'elle constata que, sous la couette, le monticule n'avait pas bougé d'un centimètre. Elle déposa du dentifrice sur le bout de l'index qu'elle frotta sur ses dents, se déshabilla et se glissa contre lui.

Elle prépara le thé. Puis, tandis que Frédéric se mettait à feuilleter les journaux, elle recouvrit la table du salon d'une toile cirée sur laquelle figurait un panorama de Naples, posa le rouleau, le paquet de farine, et commença à dénoyauter les quetsches.

« Tu n'as pas oublié que nous dînons chez Magali et Olivier ?

— Ah, bon Dieu, oui ! Heureusement que tu le dis. Qu'est-ce que tu leur pâtisses ? Une tarte ?

— Strudel. Aux quetsches, pour changer. Une première !

— Waouuh !

— Tu n'avais pas connu Angela Petrilascu en Roumanie, au temps de Ceauşescu ?

— Un matin, je crois, sans le savoir. C'était en plein hiver, un froid glacial, des congères de neige sur les trottoirs, sans chauffage nulle part, sans rien qui marche. On était là au petit déjeuner à manger nos betteraves avec une copine photographe, sans savoir trop quoi faire de notre journée. Alors, on est sortis en voiture au hasard ou presque. On s'est dirigés vers l'Opéra parce qu'on nous avait dit que l'orchestre symphonique s'y retrouvait tous les jours au complet pour travailler, même si les concerts étaient annulés depuis le début des émeutes. L'Opéra était sublime et délabré. Un de ces bâtiments baroques qui vous font aimer Bucarest. Sculptures, dorures, tapisseries, des plafonds hauts de dizaines de mètres, des fresques géantes glorifiant les époux Ceauşescu dans les coupoles. Il gelait littéralement à l'intérieur. Les musiciens étaient bien là, dans la grande salle, et répétaient en manteau. Les violonistes se frottaient les doigts contre leurs manches entre deux partitions. Au centre, il y avait une jeune soprano, déjà une diva…

— Comment tu pouvais le savoir?

— Ça se voyait à ses airs. Sans jeu de mots. Toutes ses interventions étaient capricieuses et deux ou trois personnes ne cessaient de la cajoler. Une chapka en vison sur la tête, une pelisse sur les épaules. Mais il lui manquait une dent de devant. Elle a donc refusé de nous parler. Je ne suis plus sûr de son nom, mais je pense bien qu'il s'agissait de ton Angela Petrilascu. On se sentait tous honteux ce jour-là.

— Honteux de quoi?

— Eux, de travailler avec leurs cheveux sales, près d'un brasero de chantier, avec une soupe aux choux puante pour se réconforter pendant les pauses, à la place de café et tutti quanti. Nous, d'être venus sans savoir qui ils étaient. On s'adressait à eux comme à des clampins, voire des farfelus, alors qu'ils étaient au niveau d'un orchestre de Berlin ou de Chicago et qu'ils travaillaient dans des conditions phénoménales. On ne leur parlait pas de musique, ni de leurs disques, ni de leurs projets, mais de tout ce décorum exotique, si bizarre. Et des émeutes et du bordel dans les rues. Sans le vouloir, on se conduisait comme des gougnafiers. Eux, qui n'avaient pas rencontré de journalistes depuis la guerre, ils se faisaient des illusions, ils espéraient trop de nous, ils n'osaient pas nous le faire comprendre. Ils se prêtaient au jeu, mais au fond d'eux-mêmes... Dans la voiture, on a préféré en rigoler tellement on s'est trouvés minables.

— Tu aurais pu revenir le lendemain leur offrir des paquets de café et des chocolats.

— Oui. Le lendemain, je ne sais plus ce qu'on a fait. C'était quand même en plein rififi. Cela dit, après la chute de Ceauşescu, j'ai revu certains musiciens. À des concerts ou à la télé. Ils avaient retrouvé leurs smokings et leurs robes longues, ils ne nous en voulaient pas, au contraire ils gardaient un souvenir marrant de notre première rencontre, ils en plaisantaient comme on le fait souvent après les guerres. »

Emese mit de la musique ; Frédéric reprit sa lecture des sports.

« Magali habite à La Motte-Picquet. Si on allait se balader dans leur quartier avant d'aller chez eux ? Tu as prévu quelque chose ?

— Non, non, au contraire, ça me plaît. »

Le jour n'avait pas commencé à se dissiper mais déjà les lumières s'allumaient lorsqu'ils longèrent l'esplanade des Invalides, presque belle de tristesse. Emese était heureuse au bras de Frédéric ; elle aimait marcher à son côté et aurait pu se balader toute sa vie avec lui.

« On a le temps de monter à la tour Eiffel, suggéra Frédéric quand ils débouchèrent sur le Champ-de-Mars désert. Par ce froid, il n'y aura pas d'attente.

— Drôle d'idée, qu'est-ce qui te prend ? Tu n'as jamais voulu y monter quand je te le proposais. Même pas quand mon père est venu visiter Paris.

— C'est vrai. Il n'y a que les imbéciles qui... »

Des tourbillons de vent les accueillirent au sommet. Ils s'accoudèrent à la rambarde, entre un couple de Chinois âgés qui se tenaient très fort les mains, et une famille nombreuse de Canadiens, enfants et parents habillés aux couleurs de l'équipe des Edmonton Oilers. Malgré une brume ouatée, Frédéric s'évertua à repérer au loin les monuments dessinés sur une table d'orientation. Emese se contentait de suivre des yeux le serpentin d'eau. Les statues dorées du pont Alexandre-III, l'allée des Cygnes au beau milieu, Grenelle. Longtemps, au contraire de la plupart des étrangers, elle avait dédaigné la Seine, trop pusillanime à son goût. Encore aujourd'hui, elle lui paraissait si étriquée et immobile! Mais elle aimait cette enfilade de ponts. Des bateaux-mouches étaient accostés à leurs pieds, entre la mignonne passerelle Debilly et le palais de Tokyo. Des péniches tentaient de donner de la vie à l'eau. Elle pensa au vacarme des convois de barges sur le Danube, aux marais de Mosonmagyaróvár, aux crues grondantes qui noyaient les champs, et se surprit à sourire.

«Paris, c'est quand même plus beau vu d'en haut, déclara Frédéric en remarquant son sourire.

—Voilà une pensée profonde. Mais y a-t-il quelque chose que tu ne préfères pas voir d'en haut, et même du plus haut possible? À part tous tes pays en bazar, bien sûr.

—Ton père, tu l'as amené ici, finalement?

—Oui, sous un ciel superbement dégagé, il pouvait voir l'hippodrome de Longchamp, le Sacré-Cœur. Nous sommes même allés dîner au-dessous, au Jules-Verne. Le nom déjà le ravissait. Un restaurant raffiné et cérémonial, juste ce qu'il faut. Des gens très solennels et gentils. Surtout le sommelier, qui est venu faire la conversation à mon père et qui l'a ébloui. Très grande France, exactement comme il fallait. Nous avions commencé par visiter le palais de Chaillot, le musée de l'Homme, nous avons descendu les escaliers, jusque dans les jardins du Trocadéro, et sommes montés ici. Mon père ne disait presque rien, mais il regardait tout. Je lui ai proposé d'aller au restaurant.

— Et vous avez mangé quoi?

— Foie gras d'abord, bien sûr, avec de la gelée de citron.

— Pourquoi bien sûr, on connaît le foie gras, chez vous?

— Que de nom, justement, mais c'est aussi une spécialité hongroise. Depuis la guerre, tout le foie gras hongrois était réquisitionné pour l'exportation, acheté par vos coopératives du Sud-Ouest. Ensuite, des navets confits, une tarte aux olives pour lui, pour moi je ne me souviens pas. Il était épaté qu'on puisse inventer des choses pareilles dans une cuisine. Je pensais qu'il serait trop intimidé, mais non. Dans son costume des grands jours, il était superbe avec une cravate rouge, qu'il avait en fait cachée dans sa poche toute la journée, au cas où. Il était bien droit, aux anges, enfin dans le Paris dont il avait rêvé.

— C'est curieux qu'il en ait tant rêvé. Dans son usine ou dans son HLM, j'aurais imaginé qu'on rêvait surtout de Madrid, à cause des exploits de Puskas. Ou de l'Amérique, New York…

– C'est ma grand-mère qui avait transmis le virus. De son temps, beaucoup d'ados hongroises rêvaient de Vienne ou de Londres. Mais comme chez elle on parlait français depuis je ne sais quand, l'arrivée d'un colonel de l'armée napoléonienne dans la famille ou quelque chose comme ça, elle rêvait de Paris, et ma mère aussi, laquelle a contaminé mon père. Toute leur vie, mes parents ont économisé et changé des dollars au noir pour le jour où ils pourraient peut-être sortir du pays et aller en France. Voilà pourquoi ils m'ont poussée à perfectionner mon français avec un voisin de l'immeuble. Un libraire. Il était le seul à posséder des livres en français, il ne les sortait que lorsque la porte était fermée à clef, en cachette. On y va ? »

14

Olivier leur répondit à l'interphone d'un «Ah, génial!» et leur ouvrit la porte avec un sourire affectueux. Il les embrassa et les poussa vers le salon où bavardaient d'autres invités. L'un d'eux se leva pour céder à Emese sa place sur un canapé de velours jade. Sol en coco, assiette de rondelles de chorizo sur une table basse antique, écran de télévision plat fixé au mur, une toile petit format de Francis Bacon en face, tout s'harmonisait avec l'habituelle gaieté de leurs hôtes. Un «Je me dégraisse les mains et j'arrive» retentit dans la cuisine attenante et Magali apparut, encore en tablier. «Champagne? Vin? On a un whisky écossais, paraît-il exquissime. Ou n'importe quoi d'autre. Tu t'en occupes, Olivier?»

Emese contint sa surprise en découvrant, au bout du canapé, Juliette, une actrice dont elle avait vu une bonne vingtaine de films, notamment le dernier une semaine plus tôt, et qui lui fit un signe amical de la main. En revanche, elle connaissait Chantal, une professeur d'art dramatique de l'université de La Nouvelle-Orléans, son mari Jacques, qui animait une émission à France Culture à laquelle il avait d'ailleurs invité Emese à parler des écrivains hongrois célèbres de son enfance et inconnus en France.

La discussion autour de la dépression d'un ami à qui la commission venait de refuser l'avance sur recettes s'interrompit, et Olivier fit la présentation des autres convives : Adrien, le compagnon de Juliette, chef de clinique à l'hôpital Cochin ; Monica, administratrice de la Mostra de Venise et fan épisodique de la Juventus de Turin par tradition familiale, et son copain Louis, monteur au cinéma, clarinettiste intermittent au New Morning et fan à plein temps du Paris-Saint-Germain depuis la première heure.

« Quel magnifique collier. Étrange, non ? » s'étonna Juliette en tendant la main vers le cou d'Emese et effleurant un épais collier d'or, aux motifs animaliers naïfs.

« Il vient d'un village de Sierra Leone, Frédéric saura mieux vous expliquer.

— Je l'ai acheté chez un orfèvre de marché, comme on en trouve beaucoup au Nord. Dans une cahute en planches. Fabriqué sur commande, et payé au poids de l'or comme tous les bijoux là-bas.

— Au poids ! Comment ça ? Avec une balance ?

— Une balance de pharmacien, de l'or pur récolté

dans des mines du coin. On décide d'abord du poids d'or, on en marchande le prix, qui varie au gré des combats de la semaine et des militaires qui maraudent dans la zone, puis, sans rien payer de plus pour le travail, on décrit le bijou qu'on souhaite. Si on ne sait pas trop, le bijoutier sort des catalogues de pub tout froissés, de marques célèbres de la place Vendôme, qu'il propose comme modèles. Mais ce collier est le résultat de nos palabres après avoir fumé un peu de khat, raconta Frédéric. Ensuite, il suffit d'avoir un peu de chance.

– Chance qu'il plaise! s'exclama Magali.

– Non. De ne pas se faire dépouiller dans la soirée par un môme de quinze ans raide défoncé avec une Kalachnikov en bandoulière, qui vous a vu en tractations avec le bijoutier. Peut-être son petit frère d'ailleurs. Là-bas, tout le monde vit pour l'or, poinçon ou mitraillette à la main. »

Magali, l'hôtesse de la soirée, dirigeait la production des fictions sur Canal Plus. Elle avait rencontré Emese par l'intermédiaire d'un réalisateur et lui avait proposé, d'abord d'éditer ses scripts, puis d'y annoter ses suggestions. Olivier écrivait des scénarios de films noirs, qu'il confiait aussi à Emese. Il s'était immédiatement pris d'affection pour elle et ne se lassait pas de l'inviter, à Paris ou dans leur maison de campagne. Par la suite, il sympathisa avec Frédéric, surtout lorsqu'ils prirent l'habitude de regarder ensemble les matchs de rugby, l'hiver, et de tennis au printemps.

« C'est prêt », lança Magali de la cuisine où une splendide salade d'endives, noix et pommes trônait déjà sur la table, dressée avec des verres en cristal et des assiettes pastel. « Olivier, tu t'occupes du vin ?

– Gigot d'agneau drômois, c'est la fête, ce soir.

– Attends qu'il soit sorti du four, pondéra Magali, à l'évidence anxieuse. Vous vous asseyez comme vous voulez. Par exemple, Monica ici, Adrien à côté, Emese, si tu veux bien te glisser sur le banc, par là… »

La discussion reprit sur une exposition Eisenstein au musée du Cinéma, puis sur la sortie d'un film inédit de Nicholas Ray, laissé un demi-siècle en boîte par une major américaine à la suite d'une dispute avec le cinéaste et récemment racheté et monté par Steven Spielberg. Un court instant, elle dériva sur la publication de l'équipe de France de foot avant le match contre la Pologne, qui suscita un débat entre Magali, admiratrice inconditionnelle de Thierry Henri, et Monica, partisane de David Trezeguet. Olivier, bien que d'accord avec sa compagne, réorienta la discussion sur le cinéma et sur le choix de Victor Lanoux dans le prochain film de Claude Chabrol.

« Victor Lanoux ? Tiens ! C'est bizarre, non ? intervint Frédéric. Il peut être formidable, mais Claude

Chabrol aurait dû continuer avec Jean Yanne. Dans le genre, on ne fait pas mieux.»

Olivier chuchota:

«Sauf qu'il est mort.

— Ah bon? Jean Yanne? Il y a longtemps?

— Ne vous inquiétez pas, dit Emese, il a découvert la semaine dernière la mort de Marlon Brando et de Françoise Sagan; et, hier, l'existence du *Titanic*.

— Le film, pas le naufrage», plaisanta l'intéressé.

«Magali m'a dit que tu revenais de Tchétchénie? demanda Chantal en tournant les yeux vers Frédéric. Ça doit te paraître étrange de nous entendre parler comme ça.

— Étrange pourquoi?

— Je voulais dire un peu dérisoire.

— Ah non, tu t'imagines quoi? Tu sais, la dernière fois que je suis allé à La Nouvelle-Orléans, c'était pour un Super Bowl. Victoire des Bears de Chicago, je me souviens encore du quarterback frappadingue, tu vois…

— J'imagine tout de même que les gens ont d'autres préoccupations plus vitales à Groznyï et que vous ne devez pas souvent parler de cinéma ou de football, intervint Jacques. Ça se passe comment? À voir les photos, on se demande s'il reste un mur intact dans la ville…

– Il n'en reste pas un, pas même un mur de cour intérieure… »

Frédéric surprit une violente crispation sur le visage d'Emese. Il se mit à bafouiller et se tut.

« De votre point de vue, vous qui y allez depuis des années, est-ce qu'on peut parler de génocide tchétchène ? demanda Monica.

– Je n'aime pas parler ainsi, s'appliqua Frédéric. Plutôt d'un conflit sans fin qui détruit de plus en plus, les gens, le pays. Et finira vraiment par tellement tout dévaster que les gens vivront en rescapés ou je ne sais trop quoi. Si on regarde un siècle là-bas, on se dit aussi que ces critères peuvent paraître un peu stéréotypés… » Le ton de sa voix n'encourageait pas à la poursuite de la discussion.

« Mais est-ce que je peux vous poser une question ? demanda Juliette. Vous n'en avez pas marre de témoigner pour pas grand-chose ? Excusez-moi, je m'exprime mal. Je veux dire, vous risquez de vous faire tuer tous les jours ; vous vous obligez à regarder des scènes terribles, à fréquenter une misère cauchemardesque qui doit vous miner. Vous vivez dans le froid. Vous racontez et répétez souvent les mêmes choses, et rien ne change. En tout cas, presque rien dans la bonne direction, je ne crois pas me tromper.

– C'est-à-dire que je n'y vais pas pour ça, sourit Frédéric.

– Ah, et vous y allez pour quoi ?

—Certainement pas parce que je crois devoir faire bouger les choses. Ni pour ces histoires de nécessité du témoignage ou de travail de mémoire.

—Tu n'y crois plus? intervint Louis.

—Ce n'est pas une question d'y croire ou non. Comment dire? Je ne dois rien à personne, ni là-bas ni ici. Moi, j'écris la Tchétchénie comme un feuilleton, j'écris cette guerre en épisodes, comme je peux. Parce qu'écrire en Tchétchénie est encore ce qui me passionne le plus dans la vie. Après, les gens font ce qu'ils veulent de ce qu'ils lisent ou refusent de lire. Je ne me pose pas ce genre de questions. Pas trop.

—Alors pourquoi y retourner maintenant? Vous pourriez écrire sur la Chine, qui est un autre monde, si ambigu, une incroyable civilisation. Ou sur l'Inde, qui mènera peut-être le monde dans un demi-siècle. Les gens seraient plus attentifs. Ou sur le Moyen-Orient, si seule la guerre vous intéresse.

—Je pourrais vous répondre malicieusement que personne ne sait quand les gens voudront de nouveau lire ce qui se passe là-bas. Un roman ou un film vraiment nouveau, personne ne sait pourquoi il marche ou non. C'est encore plus vrai d'un reportage sur une guerre, personne ne sait pourquoi il intéresse ou non.

—Il ne s'agit pourtant pas d'un roman? On est dans le réel, contesta Juliette.

—Les romans sont aussi dans le réel, je ne suis pas sûr que la frontière fiction/non-fiction importe beaucoup, moins que les frontières temporelles en tout cas. Un correspondant de guerre écrit au présent, sur un événement présent, à des lecteurs présents. Beaucoup de présents qui doivent concorder autour d'un événement imprévisible. Donc, pas beaucoup de jeu, ça peut vite coincer. Un romancier écrit sur une histoire passée, pour des lecteurs futurs, il a plus de souplesse, de latitude, me semble-t-il.

— Giacometti disait qu'il peignait pour les morts, plaisanta Louis.

— Une guerre au présent, personne ne sait pourquoi elle retient ou non l'attention, reprit Frédéric.

— Vous êtes sérieux ? s'offusqua Monica.

— On remarque bien sûr des constantes. Quand les Américains entrent en scène, le succès, un certain succès est garanti aux États-Unis. Quand il n'y a que des protagonistes africains, l'indifférence est garantie. Comme au cinéma, après tout. Pour le reste, pourquoi le conflit de Bosnie ou du Liban passionnent à un moment donné et pas à un autre… ? Pourquoi tout le monde se fout de Sarajevo jusqu'au mois de juin, et pourquoi on ne parle que d'elle tout l'été qui suit… ?

— Une menace sur de nouvelles frontières ? Un massacre particulièrement insoutenable ? Une image emblématique ? Tu dois bien avoir une idée, dit Olivier.

— Non, la réponse se trouve moins du côté de ceux qui racontent l'histoire que de ceux qui la lisent. Vous savez, on parle beaucoup de ceux qui font l'information, de comment celle-ci est cherchée ou diffusée, de sa manipulation. Mais on ne parle jamais de ceux qui la reçoivent, ou la reçoivent mal, ou ne veulent pas la recevoir.

— C'est-à-dire? demanda Magali.

— C'est-à-dire que si en 42 et 43 les journaux avaient écrit chaque matin que des wagons à bestiaux partaient surchargés de Juifs, à en mourir étouffés, et revenaient à vide, personne n'aurait voulu lire ça, et c'est en partie la raison pour laquelle ça n'a pas été écrit, ou si peu. Ça veut dire que pendant trois mois nous avons écrit que Vukovar était en train d'être écrasée, rasée comme Dresde, et c'était publié tous les matins, mais il a fallu attendre le dernier jour et la reddition de la ville pour que les gens le lisent et s'en étonnent. C'est-à-dire l'admettent. Bien pire au Rwanda, puisqu'il a fallu dix ans pour qu'on accepte de commencer à visualiser une extermination à la machette, dans les marais, en centre-ville, des semaines entières...

— Vous voulez dire que c'est la faute aux lecteurs?

— Y a pas faute. » Frédéric saisit deux verres, jeta un coup d'œil sur Emese qui avait immobilisé son regard dans son assiette. Il eut envie de laisser tomber les verres sur le parquet pour créer une diversion, tant il s'en voulait de s'être laissé embarquer dans cette discussion qui l'exaspérait. Néanmoins, il vida le vin de l'un dans l'autre, qu'il pencha et reprit:

« Je veux dire, si vous versez du vin dans un verre penché, ou renversé, il va se gâcher par terre. Idem de l'information ; elle va de celui qui l'envoie à celui qui la reçoit, et si l'oreille ou l'œil de ce dernier sont penchés, l'information se gâche aussi par terre. Se gâche pas tout à fait, parce que personne ne peut prédire l'influence d'un reportage, dans la durée. Pareil, je suppose, d'un roman ou d'un film. » Il soupira et fit mine d'éponger de la transpiration sur son visage. « Au pire, il reste les archives. Ces chercheurs, ces écrivains qui vont les lire. Je plaisante.

— Il n'empêche. Si le récepteur refuse de recevoir, il doit avoir une raison. Le lecteur est une personne qui peut être sympathique, comme nous. Il suffit de s'adapter à lui, suggéra Olivier.

— Il n'a pas toujours une bonne raison. Et s'adapter n'est pas souvent une bonne idée. Vous qui êtes presque tous dans le cinéma, prenez Spielberg, par exemple ; personne ne possède son génie pour s'adapter aux spectateurs. Il invente les histoires qu'ils veulent, racontées comme ils les veulent, sans doute au moment où ils les veulent. Sur l'étrangeté, sur la préhistoire, sur l'Holocauste, sur la guerre... Mieux adaptées, ça n'existe pas. Tous ses films tapent en plein dans le mille. Je suppose que ce n'est pas le genre de films que vous voulez réaliser.

— Non, pas vraiment, c'est vrai, dit Monica.

— Quoique je trouve ses films très dignes et captivants. Je n'en rate pas un, mes enfants non plus. Adapté à la française, qu'est-ce qui vous embêterait dans ce cinéma? Le fric brassé? La rançon du succès? Il a quand même son avantage...

—Le succès n'a rien à voir avec l'influence, Adrien.

—C'est l'une des différences entre *La Liste de Schindler* et *Shoah*. Le premier s'adapte, au contraire du second... glissa Jacques.

—Adrien, ce qui nous embête comme tu dis, reprit Monica, est que les films de Spielberg rendent les spectateurs complètement passifs. Il les met devant le fait accompli, et, nous, on voudrait que le spectateur ait quelque chose à accomplir...

—Ouh là, et que veulent dire ces mots très *Cahiers du cinéma*? Accomplir quoi?

—Parler, par exemple. À la sortie d'un film de Spielberg, un spectateur n'a plus rien à dire, ou rien envie de dire. Il patiente jusqu'au prochain. C'est très embêtant, vu ce qu'il représente à l'écran.

—Merci, Monica.» Frédéric fit tinter son verre contre le sien. «Eh bien, c'est pareil pour nous. La guerre, on voudrait qu'elle trouble le lecteur ou le spectateur. Parce qu'elle marque une rupture qui le touche de près ou de loin. Je n'irais pas jusqu'à dire qu'on voudrait qu'il rentre dans la guerre comme si elle était la sienne, mais un peu quand même. Pas seulement qu'elle le scandalise ou le bouleverse.

—Et quand le lecteur ne veut pas être plus concerné

que cela, il ferme les écoutilles. C'est ce que vous voulez dire? demanda Juliette.

—À peu près. Un philosophe a écrit que chaque guerre nous montre ce que nous sommes en train de cesser d'être. Beaucoup de gens ne veulent pas le savoir, pas tout de suite.

—C'est donc pour ça que vous continuez à écrire sur la Tchétchénie, comme si de rien n'était, parce qu'il le faut.

—Non, j'ai un peu de mal à me faire comprendre. Perdu l'habitude de… Pour être sincère, j'y vais parce que ça me plaît d'y aller. Raconter, bien sûr, et surtout y être… Là-bas, on espère bien écrire, pas plus. Mais je ne sais pas ce qui m'a pris, on était mieux dans le cinéma, j'en ai un peu marre de vous embêter avec ces trucs.

—Plus important d'y être que d'écrire? insista Monica.

—Au début, on va là-bas pour raconter. Raconter et écrire; ou photographier et filmer. Puis le temps bouscule les choses. Je veux dire, certains journalistes repartent, d'autres sont pris. Ils restent. Certains sont journalistes d'un conflit, le Vietnam, le Salvador, l'Irlande, le Liban. On voit qu'ils ne supportent pas le suivant. Ils ont la tête ailleurs, ils rabâchent la mélancolie ou l'ironie, ils regrettent celui d'avant, ils s'énervent. Ils peuvent se mettre à se jeter par terre de trouille, comme s'ils ne retrouvaient plus leurs marques, ou regretter des paysages, des odeurs, une ambiance, ou des femmes pourquoi pas. Mais d'autres journalistes passent de l'une à l'autre. Alors pour ceux-là, aller, écrire, plonger, tout se confond…

— Vous tournez autour du pot, je veux dire en parlant des autres. Mais pour vous?

— Il n'y a pas de réponse, ça dépend des moments. Parfois, malgré tout, vous vous sentez plus proche de ceux avec qui vous vivez sur place et vous vous oubliez. Parfois plus proche de ceux pour qui vous écrivez. Parfois, seulement proche des autres reporters dans le coin et vous oubliez les autres. »

Frédéric fit un large geste du revers de la main sur la nappe, avec une grimace comique: «Le plus souvent? Vous voulez savoir? Vous vous sentez proche de rien, vous êtes assez seul en vérité, mais ça ne vous gêne pas. Vous n'êtes ni bien ni mal dans vos baskets. Vous ne vous demandez pas ce que vous faites là parce que vous êtes pris par autre chose. Alors vous êtes dans votre truc…

— Vous vivez de bons moments, là-bas?

— Bien sûr, d'une certaine façon. Ce ne sont pas les mêmes soirées qu'ici, mais elles peuvent être super-sympas. » Il éclata à nouveau d'un rire qui s'arrêta quand son regard heurta celui d'Emese. Elle était assise trop loin de lui pour qu'il puisse lui effleurer la jambe sous la table. Il lui montra du doigt une photo de Robert Frank, un couple à Reno, au milieu d'une série de photos encadrées sur le mur derrière d'elle : « C'est de celle-là que tu me parlais l'autre jour ? Tu as raison... ! » Mais Emese détourna le visage d'un mouvement, pas assez vif pour ne pas trahir son anxiété.

« Dans une revue d'art très branchée, un photographe a parlé de poésie du chaos de la guerre. De la grâce de passer entre les balles... de recherche de la gestuelle parfaite... De la suprématie de l'expérience sur le travail de la photo. Ça m'a marquée. Qu'en pensez-vous ? demanda Juliette

— Il évoquait le plaisir de vivre une aventure de jeunesse, quand il a débuté la photo de guerre à dix-huit ans. La performance de se fondre dans une scène folle grâce à son appareil... La négligence à percevoir les dividendes de ses prises de risque, ce qui a fait jaser le Landerneau. Mais il en est revenu depuis.

— J'insiste, vous en pensez quoi, de la poésie du chaos ?

— Je pense qu'il y a des choses dont on parle entre nous et dont il vaut mieux éviter de parler dans un dîner. Il est plus prudent de parler de la poésie des images de chaos... »

En souriant, Juliette imita son geste précédent, s'essuyant le visage d'un grand geste, et demanda : « Je vois. Vous le connaissez ?

— Oui, c'est Serge, un ami. Il dit aussi dans le même entretien, si je me souviens bien, que porter atteinte à ce qu'on pourrait appeler la dignité de l'image conduit toujours à porter atteinte au réel, à l'intégrité du sujet représenté. Aux gens là-bas…

— Vous allez là-bas pour ces gens?

— Oh bon Dieu non! J'y vais pour moi. Pour remplacer des soucis qui semblent trop compliqués ici par d'autres qui semblent plus simples là-bas.

— Est-ce que ça ne ressemble pas à une fuite en avant?» suggéra Chantal.

Frédéric comprit une nouvelle fois qu'il ne sortirait pas de la nasse. Il sourit et changea de ton, pour s'enferrer plus encore:

«On ne va pas gâcher le dîner avec ça. Là-bas au moins on ne se pose pas ces questions, sur le métier, sur les ambiguïtés de la Chine ou je ne sais trop quoi. Beaucoup de cinéastes disent qu'ils se sont posé cent fois moins de questions en réalisant leur film que les critiques en le visionnant. Pour nous, c'est pareil, je n'aime pas me poser trop de questions. Je me sens mieux quand je me sens dépassé par ce qui m'arrive. À la guerre, c'est ainsi.

— Dites-moi quand même que vous avez peur et que vous détestez ça», demanda Chantal.

Frédéric émit un léger soupir pour marquer une hésitation.

«Vous savez, rien de tel que la peur pour se débarrasser de ses angoisses. Nous, on le sait.» Il rit et reprit: «Celui qui a peur de mourir, de voir mourir son enfant à n'importe quel instant de la journée, il oublie d'avoir peur du lendemain ou du grand flou existentiel, ou de ne plus être aimé, ou de l'inéluctable usure du temps. Et puis, pour certains, la peur les rend moins seuls, ils sont presque soulagés de la partager avec d'autres, ils ressentent moins de vide autour d'eux, ils sont en manque d'autre chose de plus palpable. Être moins seul, moins angoissé, ça peut être plus vivable, même plus encourageant. Ça vous étonne?

— Ça me semble surtout dangereux, et votre façon d'en parler me semble douteuse, parfois malsaine, pour être franche, dit Juliette. Je pense qu'il va vous arriver quelque chose.

— Qu'il va quoi?

— Excusez-moi, je ne voulais pas dire ça...

— Oh, ça ne va pas recommencer!»

Tous les regards se tournèrent vers Emese, qui jouait à deux mains avec son verre de vin.

«Pourquoi un agneau drômois? demanda Chantal après un silence.

— Le boucher de Magali se fournit chez un éleveur de la Drôme, répondit Olivier. Or, chaque été, nous sommes invités chez des amis qui ont restauré une ferme dans la région.

— Donc, reprit Magali en saisissant le poignet d'Olivier, à chaque retour de randonnée, Olivier s'accoude aux clôtures et encourage les moutons à se gaver de trèfles. Parfois, j'ai l'impression qu'il choisit des yeux ceux que nous mangerons l'hiver.

— Vous n'aimez pas qu'on parle de guerre ? demanda Adrien à Emese.

— C'est Frédéric qui m'énerve. De toute façon, je n'ai jamais supporté cela.

— Histoire de famille ?

— D'une certaine façon.

— Quelle façon, sans indiscrétion ?

— Mon grand-père a fait la campagne de Stalingrad derrière les troupes allemandes. Comme tous les types de son âge, il avait tiré le mauvais numéro après le pacte avec les nazis, et je ne sais plus pourquoi, mais pour lui c'était le front de l'Est ou le camp de travail. Il en est revenu les pieds définitivement gelés, l'esprit définitivement embrumé par le communisme et l'alcoolisme. Mon père, lui, s'est fait transpercer la poitrine par trois balles, pendant l'insurrection de 56 à Budapest. Il était sur une barricade. Il s'en est sorti avec des poumons esquintés, incapable de monter un escalier sans s'arrêter pour souffler à chaque palier ; et lui au contraire, avec la haine du communisme. Les deux essaient de se débrouiller avec pour toute leur vie, et personne, ici, ne pourrait les comprendre. Voilà pourquoi je déteste cette idiote idée que toutes les guerres touchent tout le monde, cette stupide philosophie cosmique de la guerre et tous ces stupides alibis...»

Un hoquet l'interrompit, qui surprit toute la table, sauf Frédéric qui connaissait ce signe d'émotion. Elle regarda le mur devant elle et reprit d'une voix lente.

« ... Voilà pourquoi ces histoires de Kalachnikov ne sont plus ma tasse de thé, entre autres...»

Son visage avait étonnamment rougi, elle se tut. Magali posa sa main sur la sienne.

Olivier souleva la bouteille de vin, interrogea du regard ses voisins dont les verres étaient vides.

« C'est Brigitte qui a restauré une ferme dans le Diois? demanda Monica à Magali.

— En pierres grises de calcaire, recouvertes de jasmin. Avec une vue sur le Ventoux d'un côté et sur des prés à moutons de l'autre.

— Depuis le temps qu'elle nous invite à y passer en descendant dans le Midi.

— Vous devriez, elle est splendide.»

15

Le tramway jaune bringuebalait plus que d'ordinaire dans un boucan de ferraille. Emese en descendit précipitamment à la station des Invalides. Une foule occupait l'esplanade et attendait. Un bruit de clochette lui fit faire un pas en arrière ; elle laissa passer un omnibus, tiré par d'énormes chevaux au trot et bondé de touristes hilares qui semblaient se moquer d'elle. La pointe de la tour Eiffel surplombait les toits des immeubles. Elle sortit son téléphone portable pour constater qu'il n'y avait aucun message. Elle se fraya un passage dans l'avenue, entra dans le salon de thé Ruszwurm Curàszda, le traversa, s'interdisant de regarder les miroirs sur lesquels elle devinait des visages moqueurs, s'assit dans un fauteuil de coussins émeraude, à une table près de la fenêtre, et commanda un strudel. Un orchestre jouait de vieilles chansons magyares. Elle sortit une nouvelle fois son portable, le posa devant elle.

Sur la place, elle observa des bidasses se photographiant à tour de rôle au bras des trois baigneuses de cuivre aux cheveux verts. Derrière, les quatre statues dorées du pont Alexandre-III reflétaient une lumière orangée. De l'autre côté de la Seine, elle pouvait voir les fenêtres de l'hôtel Gellért ; plus à droite, des majoliques décorées de fleurs sur les façades multicolores. Pour se détendre, elle se mit à examiner la synagogue blanche face au Grand Palais, les balcons mauresques, la tour persane surmontée d'une coupole. Elle entendit une explosion, une deuxième, et aperçut le canon en fonte du Mémorial, attaché à son épaisse chaîne. L'effroi redoubla. Elle prit son portable et composa le numéro. La sonnerie retentit, encore et encore. Au bout d'un moment infini, sous les regards exaspérés d'un couple voisin, elle se résolut à le couper. Elle goûta le sucre du gâteau du bout de la langue. Elle caressa les touches du téléphone, composa de nouveau le numéro, la sonnerie retentit en un sifflement continu. Elle se leva et sortit en courant, et se réveilla, essoufflée.

Frédéric, qui sentait depuis un instant un picotement dans le nez, se décida à ouvrir les yeux. C'étaient les cheveux d'Emese. Elle s'était pelotonnée dos contre lui. À sa respiration, il devina qu'elle ne dormait pas, bien qu'elle ne remuât pas non plus. Très souvent il la trouvait à son réveil dans cette immobilité câline, sans savoir si elle rêvassait ou attendait un geste. Il lui caressa les épaules, elle se blottit davantage.

Emese se redressa et sortit sans hésitation du lit, dans le froid ; elle ferma la fenêtre, piocha dans l'armoire des vêtements qu'elle emporta dans la salle de bains, la minette se frottant à ses chevilles. Frédéric regarda ses fesses nues, tendit la main, comme s'il tentait en vain de les toucher avant de les voir disparaître. Il se leva à son tour, saisit un pull et un slip et alluma la télévision.

«Qu'est-ce que tu peux bien regarder si tôt? Des dessins animés japonais? lui demanda-t-elle de sa baignoire.

— Valentino Rossi.

— Un ténor napolitain?

— Lyrique, il l'est, mais sur sa bécane. C'est un Grand Prix de moto; au Japon. On va donner le départ.

— Ensuite, tu vas regarder le foot et le rugby tout l'après-midi?

— Non, t'inquiète! Juste quelques tours de circuit, pour Valentino Rossi. Dès qu'il aura mis cent mètres aux autres, je descends acheter le pain.»

Frédéric se rendit directement au kiosque à journaux pour prendre *L'Équipe*, *Le Journal du dimanche* et dix tickets Major Jones qu'il glissa dans sa poche sans les gratter et, impatient, s'installa au bar du Sporting pour lire les résultats du championnat.

«Pauleta a marqué deux fois, s'écria Luís à l'autre bout, heureusement qu'il est là.

–Eh! quel plaisir! Luís Figo en personne, déjà de retour. Si vite! *Problema?*

–Frontières verrouillées en Moldavie, tu dois connaître. Une bataille, ou des émeutes. On n'a rien su. Des militaires à la douane, c'est tout. Mais j'ai ramené la marchandise intacte à la boîte…

–Moldavie, une bataille? Après tout, c'est possible dans le coin… Tu veux que je te donne le score de Benfica, n'est-ce pas? plaisanta Frédéric. Eh bien vous avez gagné, deux pions, et comme une bonne nouvelle ne vient jamais seule, contre Porto. Pas de *saudade* dans le Bairro Alto. *Saudação.*»

Dehors, il renonça à jouer des coudes dans la cohue du marché Mouffetard et se contenta d'un pain de campagne à la boulangerie.

À la porte du salon, il entendit un concerto de Bach, et une conversation en hongrois qui provenait de la chambre. Il en profita pour regarder sa messagerie et ouvrir une lettre titrée «Rachel».

«Frédéric bonjour!

Rachel et Ross couchent ensemble mais se disputent tout le temps. Vont-ils se marier? Mon copain se demande ce qu'elle peut lui trouver, je lui dis qu'en Amérique un paléontologue doit être un oiseau rare. Phoebe n'a pas l'air enceinte. Je trouve Joey super-sexy, glamour. Je me souviens qu'avant nous aussi nous rêvions de New York, cela paraît si loin. Mon copain trouve *Friends* soporifique. Il préfère *Les Simpsons*, une série de dessins animés américaine. Il en pleure de rire. Il dit qu'un peuple qui a inventé une série aussi géniale peut se faire pardonner tous les conflits qu'il déclenche dans le monde. On se dispute à ce sujet, mais pas longtemps. Connais-tu *Les Simpsons*?

Mon copain s'appelle Ivo. Il est viticulteur. Il a mis du vin dans son eau, comme il dit. Avant, il était ingénieur au port fluvial, puis s'est engagé pendant toute la campagne de Krajina. Depuis, il a décidé de retrouver sa liberté dans la viticulture. Il dit: "Quand on s'est fait plomber la tête pendant quatre-vingt-trois jours dans un hangar, sans personne pour sauver vos amis, on divise l'humanité entre ceux que l'on veut fréquenter et ceux que l'on ne veut même plus croiser. Au moins on a gagné ça." Qu'en penses-tu?

Il a repris les vignes en friche de son grand-père. Tu ne peux imaginer dans quoi il s'est lancé pour les débroussailler. Les vignes des coteaux de Tramijac, tu te souviens? Sur l'autre rive, en face de l'hôtel, du vin rouge plutôt épais, comme beaucoup de choses ici. Ivo aime se lever avant l'aube, il apprend très vite le métier et ça lui donne de sacrées mains, très fortes, très râpeuses, que j'aime beaucoup.

Il fait moins quinze degrés à Vukovar, moins vingt-cinq la nuit. Les ruines couvertes d'un givre blanc en deviennent mystérieuses. Tu aurais tort de penser que le calme revenu leur ôte la fascination qu'elles avaient sur toi. La Vuka est gelée, des gamins reviennent patiner. Les filles font des figures, les garçons des matchs de hockey ou de foot-glissade.

Le Danube résiste à la glace, sauf le long des berges, on dirait un style de wharf argenté. Les jours de brouillard, on est réveillés par les trompes des remorqueurs qui passent en tirant leurs barges à l'entrée de la grande courbe. Je me souviens de leurs drapeaux. Surtout des slovaques, des ukrainiens, des roumains comme jadis. Je t'embrasse, Jasna.»

Frédéric répondit:
«Jasna bonjour!
Rachel et Ross ne vont pas cesser de se disputer, ils vont avoir un bébé sans le faire exprès, mais ils ne vont jamais se marier. Monica et Chandler, eux, oui, je crois qu'ils vont quitter l'appartement et que leur départ sera même l'épilogue de la série. Mais je ne suis pas sûr que ton copain tienne le coup jusqu'au bout.

À part ça. *Kako si?* Quel est votre café? Caffé As, Caffé Sidro? Existent-ils encore? J'imagine que tous les chefs de guerre ont ouvert les leurs, bistrots de quartier pour les bras droits, bars de nuit pour les caïds, plus fluo et techno les uns que les autres, avec de jolies filles au bar, style étudiantes décontractées, cheveux teints en roux, mèches vermillon, jeans au ras de la foufoune; avec des Mercedes devant la porte.

Et monsieur Viktor, l'aviateur coiffé de sa casquette de marin qui cherchait sa télévision dans les décombres de sa maison, existe-t-il toujours? Et les barques? Et cette conservatrice du musée. Madame Borbàla, la dame hongroise, disais-tu, qui un jour d'accalmie prenait le soleil sur un rocking-chair au milieu de monticules d'ordures et de cadavres, sur la place du 1er-Mai, nous expliquant que les ordures qui l'environnaient n'étaient pas plus puantes, et certainement moins repoussantes, que les choses qu'elle vivait dans l'annexe de l'hôpital en faisant la boniche pour les militaires.

Elle prétendait surtout que plus jamais elle ne pourrait regarder un tableau comme avant, que ses yeux refuseraient de différencier un chef-d'œuvre d'une croûte. Qu'elle ne retrouverait plus le plaisir sensuel de la peinture, ayant perdu son excitation et ses illusions, qu'elle ne pourrait plus s'extasier ou trembler d'émotion face à une œuvre d'art. Mais, tu t'en souviens, quand elle a dit que son désir le plus fort, si les tueries finissaient, serait, quoi qu'il arrive, de fréquenter de nouveau les cocktails d'expos. D'y reprendre les bavardages, les racontars de vernissage, d'y retrouver les habitués et d'examiner les toilettes des invitées et les micmacs des pique-assiettes. Que ce serait cela, son bonheur après, et que, si cela arrivait, elle jurait sur la tête de son mari exécuté de ne plus rien prendre au sérieux, jusqu'à la fin de ses jours, sinon les cancans et fadaises, une flûte de champagne à la main.

Ce serait rigolo que tu la rencontres. A-t-elle survécu à son rocking-chair? A-t-elle retrouvé son musée ou un autre? A-t-elle tenu son serment? Que raconte-t-elle lors des vernissages?

Et les grenouilles géantes dans la Vuka?

J'espère que ton copain Ivo ne sucrera pas ses fûts. *Vidimo se.*»

Emese traversa la pièce pour aller chercher la théière dans la cuisine.

«J'ai téléphoné à ma mère.

— Elle va bien?

— Elle va bien, comme toujours. Je me demande parfois si elle comprend cette question. Si elle peut imaginer que ça n'aille pas. Elle a traversé toutes les périodes les plus noires comme ça. Mon père a découvert le musée de la Marine sur Internet, on l'avait raté la dernière fois. Il veut que je lui envoie un catalogue.

— Ça ne ferait pas de bien à ton père d'aller respirer un autre air?

—Tu veux dire de changer de bonne femme ou de s'installer ailleurs?

—Je pensais à ses poumons. Quitter leur cité pour vivre à la montagne.

—D'abord, des montagnes, nous n'en avons jamais eu beaucoup, en Hongrie. Ensuite, il leur serait impensable de déménager.

—Il pourrait aller pêcher dans le Danube, marcher dans la campagne. Il doit bien recevoir une pension, pour ses blessures.

—Non, il reçoit une retraite pour son boulot sur la chaîne; mais rien pour avoir joué au brave sur les barricades pendant l'insurrection. Les nouveaux *businessmen* de la politique ne remontent pas si loin dans le passé. Les héros sont ceux qui reviennent au pays avec des dollars, pour relancer les affaires, pas ceux qui sont allés jouer au brave. La gratitude et la guerre…

—Tu n'imagines pas, à Beyrouth, à…

—Cela dit, après la chute du Mur, les gens ont quand même pu racheter leur appartement. De locataires à vie ils sont devenus propriétaires à vie. Dans ces pays-là, une cité, c'est comme un village, on vit où l'on naît et on ne bouge plus.

—Tu n'as jamais envie d'y retourner, au moins quelque temps?

—Non.

—Bizarre.

—Pourquoi ces questions? Tu en as déjà parlé l'autre nuit. Tu songerais à m'y renvoyer?

—T'es cinglée! Si tu partais, je me retrouverais à la rue. Cela dit, j'irais bien faire un tour chez toi, avec toi. On roulerait dans le pays, on aurait une cote d'enfer avec la bagnole bleue. On se baladerait en ville. Même si tu ne veux pas me faire visiter ton école maternelle et tutti quanti, tu me montrerais de jolies rues, des brasseries et des cinémas avec balcon, les bronzes sur la grande place dont tu m'as parlé. Les thermes où tu allais prendre les bains. Ou l'usine de ton père. Je pensais à lui, à ta mère. À tes grands-parents. Je me demandais, ta grand-mère, comment a-t-elle accueilli ton grand-père quand il est revenu de Russie?

—Laisse tranquille ma grand-mère. Passe-moi plutôt la confiture de mûres avant de la terminer.»

Emese s'assit en face de son ordinateur tandis que Frédéric débarrassait la table.

«Tu bosses déjà?

—En t'attendant.

—Mais tu dois travailler, aujourd'hui?

—Un manuscrit à relire, j'aurai fini dans la matinée. Et toi, tu vas à ton journal?

—Non, je ne repique sérieux que la semaine prochaine. Si on allait promener la Peugeot, cet après-midi? Un peu de campagne lui ferait du bien.»

Sans réfléchir, Emese conduisit la voiture sur l'autoroute du Sud, en direction de la forêt de Fontainebleau. La première fois que Frédéric l'avait emmenée là, c'était pour l'initier à la varappe sur une paroi dans une clairière, à l'écart des cordées d'habitués. La veille, il avait acheté deux paires de chaussons d'escalade ; elle avait préparé un pique-nique montagnard et ils étaient revenus épuisés, muscles courbatus et avant-bras rougis par les coups de soleil. Emese était plus marcheuse que grimpeuse, mais elle ne gardait que des souvenirs heureux de ces samedis de rochers.

Dans le bois, Emese roula au plus loin d'un chemin carrossable, stoppa la voiture face à un bosquet de hêtres et en descendit. Elle avait entouré son cou et ses cheveux d'une interminable écharpe grise à rayures bleues, tricotée au crochet. Frédéric avait la même en gris à rayures vertes. Elle portait des bottines fourrées, des moufles et un long manteau de laine. Emese, élégante sans aucun effort grâce à sa silhouette longue et sportive, se sentait particulièrement à l'aise dans des vêtements un peu rustiques.

« Écoute…

– Pic-vert ?

– Pas bête.

—Oh, regarde là-bas, des bouleaux près de la mare! On dirait...

—Bah bah bah, on oublie les bouleaux et les ombres qui se cachent pour t'attendre derrière», protesta Emese, entraînant Frédéric par la manche dans la direction opposée et l'engageant dans la forêt, leurs pas faisant craquer les branches mortes.

«On ne rentre pas avant d'avoir aperçu un daim, décréta Frédéric.

—Un daim dans cette forêt? Pourquoi pas un wapiti ou un bison tant que tu y es? Un lapin ou un faisan, à la rigueur, et encore, ils se seront probablement échappés d'un élevage. Nous sommes dans une forêt à la française.

—C'est vrai. On pourrait quand même faire un pari, non? Un dîner à la Tour d'Argent?

—Non, là-haut, il faudrait réserver trop longtemps à l'avance. Tu serais capable d'être reparti le bon jour.

—Je te fais remarquer que je n'ai pas parlé de départ.

—En plus, à la Tour d'Argent, ils vont te nouer une cravate. Comme la dernière fois, tu te souviens? Ils t'avaient accompagné en catimini dans le vestiaire choisir un nœud papillon dans une corbeille, et ils t'avaient mis une veste sur les épaules. Une veste croisée, je me souviens, très zazou mafioso. C'était quand? Il y a neuf ou dix ans au moins?

—Eh bien, c'était juste avant la disparition de...»

Le visage d'Emese s'empourpra.

« C'est devenu si tabou ? murmura Frédéric.

– Frédéric, laisse tomber les tabous. »

Affectueux et indécis, il lui frotta les épaules.

« Bon... Veux-tu que je te raconte une histoire d'ours ? reprit-il. Une histoire vraie, qui se passe en Bosnie ?

– Je crains le pire, mais vas-y.

– Voilà. Dans une vallée de la Bosnie centrale, il y a une ville qui s'appelle Bugojno. Jadis, elle était célèbre pour les ours noirs vivant dans les montagnes alentour. Des milliers d'ours de taille moyenne, noirauds, dans des grottes partout. Comme ils étaient peu chassés, qu'ils se trouvaient bien chez eux et que les montagnes ressemblaient plutôt à des collines, il était possible d'aller les observer en randonnée.

– En les croisant, *grüss Gott, Gott grüss,* comme dans les vallées du mont Blanc...

– Non, mais tout de même à l'œil nu, de temps en temps, d'une colline à l'autre ; surtout aux beaux jours du printemps, quand ils se sentaient émoustillés. Bref. Dans cette région, les offensives s'avérèrent terribles entre les Musulmans et les Croates durant l'année 1994. Dès les premiers jours de combats, évidemment, les ours disparurent, d'autant que les milices des deux camps parcouraient les collines pour se bastonner la gueule, d'un patelin à l'autre, ou jusqu'au fond des forêts, et qu'au passage tout ce qui était susceptible d'être mangé fut abattu à la Kalachnikov, à cause de la famine.

Bref, la guerre s'achève. Petit à petit les gens se disent bonjour de nouveau. Ils recommencent à boire des coups, de part et d'autre des lignes de front, et à regretter leurs ours noirs. C'est même peut-être la seule chose qu'ils regrettent ensemble. Et les touristes qui allaient avec. Un beau jour, deux ans après la paix, les premiers ours réapparaissent à l'horizon, clopin-clopant comme si de rien n'était, et ils traversent les clairières. Identiques, noirs, ils reprennent leurs vieilles habitudes, gratter les troncs, attaquer les ruches et fouiner dans les décharges. Ni plus ni moins sauvages. Les gens pensent à des rescapés chanceux, miraculés, qui se sont enfuis dans la bonne forêt, et qui rappelle-ront le bon vieux temps aux futurs visiteurs. Mais voilà que d'autres ours arrivent, des centaines, des mil-liers, qui se montrent de plus en plus pépères et se mettent à faire le ménage dans leurs anciennes tanières un peu éboulées.

— Où s'étaient-ils enfuis? Sur des cimes inacces-sibles?

— Voilà pourquoi je te raconte l'histoire. Personne n'en sait toujours rien. Les chasseurs et les zoologues se prennent la tête. Aucun flanc de montagne, aucun ravin ne pouvait les protéger dans la région, surtout si nombreux. Ils ont donc voyagé, et très loin, car c'était le rififi tout autour, rafales de Kalachnikov non stop, contre les Serbes cette fois. Leur périple, pendant leur fuite, est d'autant plus mystérieux que les bestioles sont lourdes et n'ont pas pu tirer profit du minage tous azimuts de la région, au contraire de...

— N'ont pas pu tirer profit des mines de la région, tu insinues que...

— Oui, oui. Dans les forêts, ou dans les pâturages minés par les militaires au moment de leur repli, les gens ne s'aventurent plus, encore aujourd'hui. À la campagne, cela dure plus longtemps. Au Cambodge... Bref, ni les bûcherons, ni les randonneurs, ni les chasseurs, ni les paysans n'y vont. Du coup, les oiseaux ou les animaux légers, trop légers pour déclencher l'explosion des mines, le genre belettes, lapins, même des renards, se la coulent douce et en profitent pour forniquer et proliférer à tout va...

— Peut-être sont-ils montés vers la Suisse ou la Hongrie ou plus haut. Je pense à ces pays, parce que j'avais lu dans un journal hongrois un appel d'associations protectrices des animaux, suisses, je crois, ou autrichiennes. Elles s'excitaient et tiraient la sonnette d'alarme face au danger d'une immigration sauvage d'animaux en provenance de Bosnie, de Croatie ou du Kosovo. Tu n'étais pas là. C'est authentique. Même les Verts et les écolos du pays s'inquiétaient des loups, des lynx, des renards de là-bas qui traversaient les forêts, franchissaient les frontières, et allaient manger le beefsteak de leurs chéris autochtones. Protection de la

chaîne alimentaire, risques de maladies, la férocité bal-
kanique, tout y passait. Il y eut des interventions au
Parlement, dans les télés ; et des gens pour prôner des
quotas. Ils exigeaient des baguages et des battues pré-
ventives au pied des montagnes frontalières. Peut-être
que tes ours trottinaient derrière. Le plus bizarre est
qu'ils soient revenus dans ta vallée en gojno. Je les
savais casaniers, mais les croyais plus astucieux. Après
ce qui s'était passé...

— Figure-toi que l'ancienne Yougoslavie, où personne n'a jamais passé son tour de sortir la Kalachnikov, était paradoxalement le pays où les animaux sauvages étaient le plus peinards. Sous Tito, il y avait
encore des centaines de milliers de renards, de lynx,
d'ours. Des loups aussi, j'en ai même rencontré autour
d'un chalet ; rien à voir avec nos quarante paumés du
Mercantour. »

Ils se faufilent dans un étroit passage entre des
parois de rochers couverts de mousse grise, au sortir
duquel ils se penchent sur les traces de ce qui pourrait être des broutis de sangliers durcis par le gel, et
s'enfoncent entre les arbres. Le froid a supprimé les
odeurs de bois et de terre mais amplifie les moindres
crissements et frôlements. Emese aime la lumière
changeante des forêts de chênes, la verdure de leurs
immenses troncs, le marron du tapis de feuilles. Sachant

que son compagnon rechigne à ce qu'elle lui tienne la main, elle a glissé son bras sous le sien. Elle songe à ce dîner d'anniversaire si drôle à la Tour d'Argent, elle en robe du soir rouge grenat très décolletée, imposée par Magritt, lui affublé de son nœud papillon, lorsque Frédéric lui demande :

« Ton grand-père, il avait été enrôlé dans des *Einsatzgruppen* lorsqu'il a fait sa campagne de Russie ?

— Non. Les Allemands n'avaient pas assez confiance dans les Hongrois pour ça. Ils préféraient les Ukrainiens, les Baltes. Des gens plus détraqués et plus bosseurs. Lui était dans la troupe qui montait à pied vers l'Est, mais il en a côtoyé en chemin, bien sûr.

— Il en parlait souvent ?

— Non, il racontait toutes les péripéties de cette période, sauf celle-là. De toute façon, en Hongrie, on ne parlait jamais de ça. Un soir il s'est tout de même engueulé à ce sujet avec mon père.

— Qui disait quoi ?

— Grand-père était un communiste pur et dur. Papa était un anticommuniste obsessionnel. À table, dans une conversation, il suffisait que n'importe qui appuie sur le bouton marqué "politique", même sans le faire exprès, pour que tous deux démarrent au quart de tour. Un soir, ils se disputaient pour savoir lesquels, des communistes ou des anti, détestaient le plus les Juifs.

— Et alors ? Qui a gagné ?

– Personne, car les deux ont tenu à se réconcilier au bout d'un moment en détournant la discussion. Ils ne pouvaient s'empêcher de se disputer et en même temps ne voulaient surtout pas se fâcher. Mais ce soir-là grand-père a raconté. Et tout le monde s'est tu. Il a raconté les massacres des Juifs dans les villages de Pologne ou de Russie, qu'il traversait en montant vers Stalingrad. Il était tout d'un coup sincère. Plus que sincère, ému ou ébranlé, je veux dire qu'il avait envie de parler. Sa voix a changé, et autour de la table ils s'en sont aperçus. Un silence comme il n'y en eut jamais dans le salon. Il a parlé deux ou trois heures, personne ne l'interrompait. Lublin, Minsk ; les Allemands, les Ukrainiens, les soûleries, les Lituaniens, les pires disait-il. Il a raconté un village dans le Sud de la Pologne. Ils étaient cantonnés là pour quelques jours en attendant le ravitaillement avec des Allemands et des Lettons, les Hiwis, tu dois connaître. Ils ont assisté aux massacres pendant deux jours. L'encerclement du village, l'arrivée des camions, le rabattage des Juifs vers la place, les exécutions des vieillards dans les rues, les déshabillages des femmes, les cortèges disparaissant en forêt, les chants, le son des mitrailleuses, les militaires se soûlant le soir. Il a dit que c'était depuis ce jour que l'odeur de la vodka le rendait malade. Je crois que tout le monde autour de la table découvrait pour la première fois cette histoire. Puis il a raconté la Russie. Il voulait dire que les Russes, les cocos comme les

Blancs, s'étaient comportés pareils à ce sujet. Au mieux, ils n'avaient pas levé le petit doigt.

— Ça s'est terminé comment?

— Grand-père, papa et tous les gens dans le salon ont abandonné les Juifs au fond des bouteilles de pálinka. Je ne sais même plus si on est allés se coucher. Et ils n'en ont plus jamais parlé.

— Ils se sentaient trop coupables?

— Coupables? Non! Grand-père n'a pas participé aux tueries. À aucun moment. Il n'a dénoncé personne. Il n'a pas collaboré aux premières grandes rafles de 1944 à Buda. Papa, lui, a fait la guerre civile en 1956 contre le régime de Gerö qui était antisémite. Coupable n'est pas le mot. Chez vous, on parle beaucoup de cette histoire, chez nous on n'en parlait jamais, en tout cas jusqu'à maintenant. Rien à l'école, rien dans les journaux, rien ou presque dans les librairies, sinon d'auteurs juifs comme Kertész. Ce sont deux façons différentes de se souvenir. Voilà tout. De là à penser qu'une façon est meilleure que l'autre, je doute, pour la génération concernée.

— Je ne voulais pas faire de comparaison.

— Je veux dire, du temps du socialisme, on lisait entre les lignes plus que les lignes elles-mêmes, sur le passé, sur l'actualité. On avait appris à faire très bien des tas de choses en silence. Y compris se souvenir. De ça comme du reste. Si tant est qu'on puisse bien se souvenir de ça.

— Ton grand-père n'a rien fait. Il pouvait raconter…

— Il portait néanmoins le même uniforme que ceux qui faisaient le boulot, ou à peu près. Et ça se passait quelquefois à cent mètres. Je crois qu'il devait penser qu'on peut faire beaucoup de choses à la place des autres, surtout parler. Mais qu'il y avait là une limite impossible à franchir.

— Laquelle?

— Je ne sais pas, peut-être qu'il se disait: je n'ai pas pu échanger un mot avec eux, même pas un regard; le soir nous n'en avons même rien évoqué entre nous à table; donc, maintenant, ce serait trop indécent de parler à leur place. Genre, silence et respect. Toi tu es journaliste, tu ne peux… Non, mais bon, je ne suis sûre de rien, car personne ne lui a demandé.

— Et tu crois qu'il y pensait souvent?

— Oui. Je crois que dans les pays où l'on ne parlait jamais de ça, comme chez nous, il y avait des gens qui voulaient y penser presque toujours, parce qu'ils avaient été pris dans le mouvement; et il y avait des gens qui n'y pensaient jamais. Le contraire d'ici, où l'on veut que tous y pensent un peu, de façon raisonnable.»

Emese lui lâche le bras, s'accroupit au pied d'un arbre et, à l'aide d'une brindille, se met à soulever l'une après l'autre des feuilles pourries, anormalement entassées. Jusqu'à découvrir l'esquisse d'une cavité.

«Mais, toi, tu crois qu'il y pensait comment?

— Vois-tu, cette question, il ne me serait jamais venu à l'esprit de la lui poser. Trop de malaise autour de ça. Et toi, si tu l'avais connu, tu n'aurais pas joué au journaliste devant lui comme tu es tenté de le faire maintenant... Bon... Regarde-moi ce terrier mignon, mon avis est qu'une smala de lapereaux roupille bien au chaud là-dessous. »

16

Des toussotements et des raclements qui lui étaient familiers la réveillèrent en pleine nuit. Emese souleva la couette en douceur et alluma la lumière dans le salon. En plusieurs endroits du parquet apparaissaient des petits tas de vomi. La chatte était allongée sur le canapé. Elle ne semblait pas souffrir et regarda Emese avec des yeux embêtés, à tout le moins perplexes. Emese lui posa un bisou sur le museau et alla chercher pelle et balayette.

Puis elle prit la chatte dans ses bras.

« Qu'est-ce qui ne va pas ? Tu as avalé trop de poils ? Tu ne supportes plus la pilule ? Ou alors tu rumines des bizarres idées, toi aussi ? »

Comme la minette tardait à ronronner, Emese s'assit pour la caresser sur ses genoux.

Frédéric dormait en chien de fusil. En remarquant un demi-cachet de Lexomil oublié sur le lavabo, Emese devina qu'il avait avalé l'autre moitié, geste rarissime chez lui, même s'il en emportait toujours dans sa trousse de toilette pour affronter trop de promiscuité ou de boucan lors de certains reportages, lui avait-il répondu un jour qu'elle s'en étonnait.

La sonnerie du téléphone la réveilla une seconde fois, tandis que, dehors, une lune pleine apparaissait dans sa douceur hivernale à travers la vitre.

«C'est présentement pour toi, de l'Afrique, s'écria-t-elle en élevant le combiné au-dessus de sa tête.

— Allô, Frédéric? C'est Fatou, de bon matin. Tu es de retour, j'ai compris à ton e-mail. Après si longtemps! Dis donc, tu ne voulais plus quitter? Tu as croisé l'amour, là-bas, ou quoi?

— Oh non!» Frédéric rit de bon cœur.

«Tu sais que ça devient très chaud à Monrovia et même encore à Freetown. Je pensais alors que tu n'allais pas traîner en chemin.

— Non. Pas cette fois. Je ne peux pas maintenant.

— Ah bon? Tu es donc accroché à du sérieux quelque part. Mais tu sais que, si tu tardes trop, les filles de Monrovia ne vont plus te reconnaître. Avec tous les Blancs de passage, tu sais qu'elles mélangent leurs visages.

— Donne-moi plutôt des nouvelles. Comment vas-tu? Tu envisages de rester longtemps?

— Bon, moi, j'ai changé de maison. J'ai bougé vers

le quartier des Blancs par commodité. Bon, avec les petites sommes que je reçois, je me suis payé le moins risquant. J'ai aussi changé de patron, parce qu'un Canadien de Montréal a pris la place du Parisien. Il ne parle pas un français comme le nôtre, mais il est très comique et fameux chirurgien. Il découpe et recoud du matin au soir en buvant de la bière froide, il dit qu'il a appris ça dans les pays asiatiques.

— Et l'amour?

— Oh là là, ça aussi j'ai changé grand nombre de fois. Les hommes manquent de force, dans ce pays. À cause de la guerre, je crois. Toutefois, le boulot, lui, ne change pas. Il ne me lâche pas. Vraiment, ça ne risque pas. À l'hôpital, on soigne moins de coupures de sang, mais plus de malaria. La faiblesse tombe les gens comme des mouches, c'est le contrecoup des batailles, la mort sonne toujours deux fois. Jamais question de se croiser les bras.

— Mais le moral…

— Le moral?» Elle éclata de rire. «Un jour dans les talons, un jour dans la maison. Celui-là n'est pas notre bon ami sous les bombes. Mais la santé va bien, Dieu merci. Je mange copieux, je suis épargnée par les tracas de blessures de balles… Et toi? Es-tu calme? Je ne crois pas. Quand je pense à toi, je devine des tamponnages dans ta tête. Tu ne diras toujours rien?

— Et la guerre? Elle va reprendre?

— Frédéric, la guerre ne se tait jamais. Elle va nous

sécher plus méchamment que le soleil. Tu le sais bien. Une saison à Monrovia, une saison à Bouaké, une saison à Freetown... Vraiment, elle est venue pour durer. Hier, j'ai soigné une compatriote à l'hôpital, elle dit que déjà ils en parlent à Bamako. La peur plante son camp jusque là-haut. Tu sais ce qu'elle prédit?

— La peur, elle se trompe plus souvent qu'à son tour.

— C'est bien une idée de journaliste! La peur, même quand elle fait erreur, elle fait ses dégâts. La peur et la guerre se régalent en commères. Et ton ami Serge? Il t'a lancé quelles nouvelles? Il court toujours sur ses deux jambes?

— Il a reçu un prix de photo très prestigieux. Une récompense internationale. En plus, il va être papa dans quelques semaines. Il court donc, mais sur un petit nuage rose, comme on dit ici.

— La maman doit être bien courageuse. Ces photographes, ils m'effraient tellement, à tâter le danger avec le bout de leurs appareils.

— Tu sais, peut-être que sa copine ne s'en rend pas compte comme toi. Elle ne le voit qu'à Paris, à la maison, dans le salon, dans la chambre, en vacances. Et Serge n'est pas du genre à raconter.

— La mort, quand tu la dévisages, elle te laisse sa trace dans le regard. Je ne connais pas sa compagne, mais je sais trop qu'elle a bien vu cette trace; même si elle ne se prononce pas. Les Blanches ne sont pas croyantes comme les Noires; elles ne veulent pas entendre ces marchandages avec la chance, mais elles n'en pensent pas moins. Oh là là, au creux d'elles-mêmes, ça pilonne pareil. Bon, alors, il va être papa, ça vraiment, c'est bon. Et toi, faire le papa ne te taquine pas? Alors, quand tu croises Serge, dis-lui quand même qu'il n'oublie pas les jolis cœurs qu'il a caressés par ici. »

« C'était une copine de Monrovia, une infirmière, dit Frédéric en se tournant vers Emese. Elle est malienne Toucouleur.
– Toucouleur? Un joli mot. Une ethnie? demanda Emese, hésitant à s'y intéresser.
– Oui, mais elle s'était mariée à un éleveur touareg de Gao. Là-bas, elle a failli être fusillée par l'armée, au moment de la révolte touareg dans la région, et elle a dû s'enfuir. D'abord à Bamako, puis, comme sa famille n'en voulait plus sans mari, encore plus loin. Maintenant elle travaille pour des humanitaires dans un hôpital, mais au milieu des combats. Elle est formidable.
– Des Touaregs en Inde?
– Tu confonds avec Goa. Gao est au Mali; une drôle de ville, au bord du désert, sur la boucle du Niger. Pas si loin de Tombouctou, d'ailleurs. Mais Gao est rougeâtre alors que l'autre est genre beige sableux. On pourrait bien y aller un jour, tiens. Les

tempêtes de vent, les pinasses sur le fleuve, la mosquée. L'Atlantide, décati et surréaliste. Cet hôtel t'enchanterait. Avec des immenses ventilateurs au plafond qui grincent, le chant des pagayeurs de pirogue au petit matin. Le bar loufoque, la patronne dévastée alcoolo, le pianiste encore plus. Un vrai bar rococo pour écrivain en perdition...

— Quand y es-tu allé?

— Me souviens plus... L'été des grandes émeutes à Port-au-Prince en tout cas, puisque j'étais parti de là-bas directement. Avec toutes mes fringues pour la chaleur, ça tombait bien... La région touareg était en guerre presque jusqu'à Agadez. Tout la vallée désertique d'Azaouagh, féerique... Mais qu'est-ce que tu fabriques avec la caisse de la minette?

— Je l'emmène chez le vétérinaire. Elle a beaucoup vomi cette nuit. Je la reprendrai en sortant du boulot.

— Mais non, ne t'embête pas. J'irai la chercher tout à l'heure.»

Il changea de voix et adressa une mimique à la chatte:

«Jolie minette... Le ventre barbouillé? Des spasmes, tu es angoissée?»

Emese enfila son manteau noir, enroula son écharpe, fit un geste du cou pour répandre ses cheveux blonds par-dessus. Elle appela la chatte qu'elle posa en douceur dans sa caisse. Elle appuya un long baiser sur les lèvres de Frédéric qui la regardait, son bol de café dans les mains.

«Et si je ne retournais plus là-bas?» demanda-t-il dans son dos.

Emese s'arrêta à l'entrée du couloir, se retourna vivement et le regarda. Elle sentit qu'elle avait rougi, et s'en voulut. Elle prit le temps d'être certaine de parler d'une voix anodine, pour répondre.

«Fais plutôt les choses dans le bon ordre.

— Ah bon? Ce qui veut dire?

— Commence par ne plus y retourner, avant d'en parler. À ce soir… Je rentre après la danse.»

Frédéric saisit l'amoncellement de courrier sur la bibliothèque et commença à ouvrir les enveloppes. Par terre, il fit deux tas, lettres et factures.

À mi-chemin, il se leva soudainement et enfila son blouson. Avant de franchir la porte, il prit sur l'étagère un paquet de tickets Major Jones remboursables mis de côté ces derniers jours, et il descendit dans la rue. Il alla chercher les journaux, échangea les Major Jones contre des nouveaux, acheta des carnets de timbres et entra au Sporting.

«Le Milan-Real, tu le sens comment? lui lança Luís.

— C'est ce soir?

— Non, demain! Tu crois que les Italiens peuvent les prendre?

— Sais pas… Ça s'est déjà vu.

—Oh! Mal luné? Gueule de bois? Y aurait pas un troupeau de bisons qui te galoperait dans le crâne?

—Non, t'inquiète. Mais il faut d'abord que je m'informe», esquiva Frédéric en emportant sur une table le café que Rachid venait de lui déposer sur le bar.

Il ouvrit *L'Équipe*. Une heure plus tard, il lisait encore un article en dernière page sur les adieux à la glace du gardien tchèque de hockey Dominik Hasek, joueur légendaire des Jeux olympiques de Nagano et star de l'équipe des Detroit Red Wings.

«Un troisième café pour rester concentré? Ou tu es déjà en surchauffe...?

—Vite fait bien fait, Rachid. J'vais devoir y aller», répondit Frédéric.

Dans le salon, il reprit son paquet de lettres, posa sur la table son carnet de chèques, une pile de cartes postales d'Indiens et son agenda électronique, puis se mit au travail. Il classa et agrafa les notes de frais de son précédent voyage à l'intention du service Reportage de *Libération*. Il écrivit une carte postale à ses parents, une autre à sa petite sœur, à sa filleule; à une copine et un copain de Belfast, connus pendant la guerre, dont une carte postée du Cambodge lui avait annoncé le voyage de noces. De temps en temps, il soupesait les enveloppes timbrées pour entretenir son ardeur et reprenait sa correspondance.

Il saisit le téléphone et composa le numéro d'un fleuriste du carrefour Odéon.

«Ah, je reconnais votre voix. Vous vous souvenez de moi? Je suis la personne qui vous avait appelé un jour depuis Bagdad, le jour de la Saint-Valentin, vous…

— Tous ces bouquets différents, je ne suis pas prête d'oublier. Et aujourd'hui? Combien?

— Quatre… ou plutôt cinq.

— Cinq! Vous allez me dicter des mots pour chacun? s'inquiéta la voix à l'autre bout.

— Non, non. Livrés sans rien, comme à chaque fois. Des bouquets de feuillages de saison, vous les réussissez si bien. Je vous fais confiance. Mais serait-il possible de ne les livrer que demain, ou même mieux, après-demain?»

Après avoir raccroché, il ouvrit sa messagerie et trouva l'e-mail qu'il attendait:

«Frédéric bonjour! Les ruines de la maison de grand-mère ont disparu sous des massifs de lauriers géants. La rue que nous habitons surplombe presque le Danube, mais du côté opposé à Borovo Selo. C'est la Nazozrac Ulcica, une rue envahie de rosiers, et donc ornée d'épaisses roses au printemps, cramoisies ou pourpres, bien dodues et enturbannées, et aussi de roses pleureuses ou d'églantines sauvages et parfumées. Une rue à peu près dévastée, et désertée.

À part la nôtre, une seule maison est encore habitée. Un couple de retraités, des anciens ouvriers de

Borovo Selo qui n'ont jamais voulu s'enfuir pendant les bombardements. Trop tard, trop vieux pour ça, disent-ils, sans enfants très enthousiastes pour les accueillir chez eux, surtout. Ils nous aiment bien. La dame commence à jardiner dans son potager alors qu'il fait encore nuit, bien avant l'aube, car elle a trop peur de manquer, dit-elle. En vérité, je crois qu'elle a pris l'habitude de travailler dans l'obscurité pendant les bombardements et ne veut pas changer, au cas où. Souvent, elle vient nous déposer un panier de légumes sur le perron. Le monsieur ne cesse de se promener dans toutes les directions et d'enjamber les haies, à travers le quartier. C'est curieux de le voir sillonner les rues et les jardins sans avoir jamais l'air de chercher quoi que ce soit. Comme un besoin de passer partout. Il nous invite à jouer aux cartes, parce que c'est pour lui l'occasion d'ouvrir des bouteilles de gnôle qu'il ne cesse de récupérer ici et là dans les maisons abandonnées, "car les absents ont toujours tort, au moins à ce sujet", dit-il.

Les autres maisons sont en ruine, dévorées par des lauriers, comme je te disais, et des chèvrefeuilles, des sureaux, des brassées de lianes rampantes, grimpantes. Je n'aurais jamais imaginé un pareil fouillis de plantes dans la région. Elles sont sans doute spécifiques aux jardins en friche. Tu devines l'atmosphère, le vide et le calme.

Ici, je n'aurai aucune excuse pour ne pas écrire un

bouquin. Toi non plus, d'ailleurs. Tu n'as donc plus le choix. Viens, on t'aidera à remonter le toit de la maison d'en face. Et puis, devine la cerise sur le gâteau! Sur un pylône en haut de la rue repose un nid de cigognes, large, fabriqué de branches dures impeccablement croisées. Comme neuf. Nous sommes certains qu'il était encore habité l'été dernier. Donc, il le sera l'été prochain. Rappelle-toi les "clac clac" des becs de madame et monsieur Cigogne qui nous avaient fait rire à Vinkovci. Pourtant, c'était le jour de la mort d'Andy. As-tu revu Barbara? Et Patrick et Judith? Vivent-ils toujours ensemble. Si oui, ont-ils un enfant? À Paris, à Londres? Vont-ils dans de nouvelles guerres?

Les grenouilles géantes ont disparu, les cadavres aussi, tu t'en doutes. Ou plutôt, les premières ont retrouvé leur taille normale après la dissolution des seconds dans la vase. Monica et Chandler vont-ils vraiment se marier? J'ai regardé d'autres épisodes de *Friends* sur une chaîne de télé portugaise, ils ne flirtent pas encore ensemble. Et Ross est marié à une Anglaise. Leur canard va bien.

J'essaie de m'intéresser à la Tchétchénie à cause de toi. Je m'efforce de regarder les images à la télévision. Mais je n'y parviens pas. Pourtant, ce sont les mêmes Kalachnikov avec les doubles chargeurs collés au scotch, les mêmes bonnets noirs et uniformes en treillis; presque les mêmes visages de femmes emmitouflées dans leurs foulards, avec leur accablement et leur colère, les mêmes passants pressés longeant des immeubles de béton éventrés. Le paysage ne dépayse pas, si j'ose dire. Mais ce sont toujours les souvenirs de Vukovar qui me reviennent. Et ceux de Petrinja, tu te souviens de ces rambos qui jouaient au ping-pong dans la ferme, au milieu des canards, et de leur lessive épinglée sur le fil dans la cour ? Tu prétendais que je devenais amoureuse d'eux parce que je leur avais proposé de faire un peu de couture et de cuisine pour passer le temps en attendant une nouvelle attaque ?

Cette matinée printanière à Nova Kasaba, ces trois femmes toutes seules dans le village abandonné, dont toutes les portes et fenêtres étaient ouvertes, les murs noircis ; ces corps d'hommes exécutés d'une balle dans le front, allongés sur le dos, en rang au milieu du bitume, à trois cents mètres de là. Une fois tu m'as dit que laisser ces trois femmes avec les paquets de biscuits qui nous restaient et des promesses stupidement encourageantes a été pour toi l'un des moments les plus violents. Cela m'a surprise, et longtemps j'ai pensé que le remords, injustifié mais inévitable, motivait cette remarque. Maintenant je crois mieux comprendre ce que tu ressentais : l'écart inouï entre le calme, le silence dans le village, la beauté ensoleillée et fleurie de la campagne, et ces trois femmes au bord du désespoir ou de la folie pour l'une d'elles, à proximité des morts, parmi lesquels sans doute un mari ou un frère, qu'elles n'osaient aller voir. Abandonnées des survivants enfuis dans les forêts, cernées par les tueurs qui sillonnaient la région et pouvaient revenir d'un moment à l'autre, le long de la route totalement désertée. En fait, la violence de ce moment que tu évoquais, ce n'était pas la scène elle-même, mais ton incapacité à raconter quoi que ce soit d'intelligible à son sujet.

Je peux te le dire aujourd'hui : à l'époque, j'étais embarrassée de vous regarder écrire sur la guerre et j'étais choquée de l'excitation que cela vous procurait. J'imaginais que sa force aurait dû vous empêcher d'écrire ou de photographier, ou faire qu'en tout cas vous ne puissiez écrire comme vous le deviez.

Au contraire de vous, je pensais que la violence de la guerre était, sur le moment, la priorité des priorités à exprimer, mais que cette violence devait vous perturber trop brutalement pour vous permettre de la représenter d'une quelconque manière. Je pensais que vous auriez dû être saisis par elle, comme nous l'étions nous. J'espérais que vous seriez trop aveuglés par la violence pour envisager de la raconter. Parce que, si tel n'était pas le cas, il ne pouvait s'agir que d'une copie de celle-ci.

Je voyais bien qu'il vous fallait réduire cette violence pour tenter de la reproduire sur-le-champ, je veux dire la caricaturer ou l'esquisser dans vos journaux, parce que la violence immédiate de la guerre ne se représente pas. Et comme, au fond, j'étais plus intransigeante que vous, car j'étais d'ici et les événements m'emportaient sans recours, je pensais qu'il était plus honnête d'attendre pour raconter, plutôt que de le faire à moitié. À lire tes articles par-dessus ton épaule, je ressentais une tricherie et un peu une trahison. Je voulais qu'il soit nécessaire de prendre du temps pour reprendre son souffle et ses esprits, trouver une distance avec le dehors et choisir des images plus abstraites mais plus authentiques. Eh bien non, vous ne cessiez jamais. Vous ne pouviez vous en empêcher. Parce que vous le croyiez nécessaire? Je n'en suis toujours pas convaincue.

Quoi qu'il en soit, aujourd'hui, nous y sommes, après. La violence est passée, du moins sous sa forme démente. Vous êtes partis et moi je suis toujours là. Et je me demande quoi faire avec elle, puisqu'elle ne me quittera plus. Comment ramener des morts à la vie, car c'est bien cela, écrire un bouquin sur la guerre, après.

Brčko. Tu te souviens de ce garçon exécuté par son ancien copain en pleine rue devant nous? Beau temps, aucun combat depuis le matin, une rafale dans le dos, comme ça, alors qu'il demandait à son copain de le laisser en vie, l'air de rien, presque en blaguant? Même blouson, même pantalon tous les deux, même visage presque, je n'imaginais pas que l'autre puisse tirer, en tout cas pas en pleine rue. À deux mètres de lui, sans l'engueuler, sans l'insulter, sans rien. Le photographe de Reuters a pris toute la séquence! L'instant d'avant, tu m'avais posé la main sur les yeux et demandé de les fermer. Donc tu t'en doutais. Toi, tu les as gardés ouverts. Tu te souviens qu'ensuite on s'est dit que, d'après l'attitude du garçon, d'après sa voix, cette sorte de décontraction, on ne pouvait pas savoir son ultime réaction, s'il était mort trop incrédule pour s'en rendre compte, ou avec bravade, ou, à l'inverse, s'il avait été trop terrorisé pour le montrer. Moi, maintenant, je suis sûr comme toi qu'il savait et qu'il avait peur. Bon, je vais finir par t'embêter.

Et toi? Tu ne dis rien sur toi. Tu n'as jamais rien dit sur toi. Si je n'avais pas eu de tes nouvelles par l'un ou l'autre, je ne saurais rien de toi. Mais maintenant plus personne ne passe par ici. Les journalistes fuient les déprimes d'après-guerre. Trop peur de souffler sur leurs propres braises. Je plaisante.

Es-tu toujours avec ta copine hongroise? Sinon, ça va? Je t'embrasse. Jasna. Une dernière chose: qu'est-ce qu'une foufoune?»

Il répondit illico:

«Jasna, ne t'inquiète pas, Monica et Chandler vont se marier au bout de sept ou huit années d'épisodes, pour adopter des jumeaux à l'issue de péripéties loufoques, si je me souviens bien. À moins de zapper sur une chaîne américaine, tu dois te montrer patiente. D'ici là, Joey gagnera beaucoup de parties de baby-foot contre Chandler pour arrondir ses fins de mois. Ross aura épousé deux ou trois nunuches anglaises. Mais Phoebe va être mariée par Joey (qui a passé une licence de prêtrise pour prendre le métro gratuitement), dehors en plein hiver, sous la neige, et continuera de chanter avec sa guitare. Je ne me rappelle plus son épouvantable chanson fétiche. Si tu es pressée de savoir, tu peux demander à Judith, son adresse est Judithf@aol.com. Elle ne donne plus guère de nouvelles d'elle, je sais qu'elle est séparée de Patrick et s'est installée avec leur petite fille à Washington.

Je crois me souvenir de ta rue, elle monte en tournant vers le château d'Eltz. Un quartier de ravissantes maisons un peu vieillottes au milieu de beaux jardins. Je m'en souviens parce qu'on avait mangé à cet endroit des tombereaux de cerises sur un gigantesque cerisier qui pliait sous les fruits. M'étonne pas que les cigognes reviennent déjà, elles sont incroyablement fidèles et pas peureuses pour deux sous. On en observe beaucoup en Israël, en Palestine, au Soudan, en Sierra Leone ou en Tchétchénie. J'en ai même vu de très belles, plastrons noir et blanc, pattes rouges, en bordure des marais au Rwanda.

Quant aux excuses que nous cherchons pour ne pas écrire nos bouquins, ne t'inquiète pas non plus : nous en trouverons d'autres. Mais si tu réussis à ramener à la vie quelqu'un avec ton stylo, comme tu le dis très bien, les autres ou d'autres viendront le rejoindre d'eux-mêmes. Probablement pas les personnes que tu espérais, que tu attendais, ni comme tu le prévoyais ; et tu en seras la première étonnée, et fascinée, car ce ne seront pas des fantômes. Pour toi, repartie là-bas, où ton imagination va pouvoir prendre le pas sur tes souvenirs, et qui n'écriras pour personne en particulier, il est évident que ça vaudra le coup de t'accrocher à ce bouquin. Bonjour à Ivo, portez-vous bien. Gros bisous, Frédéric. (La foufoune est un joli mot qui désigne un joli endroit que les garçons aiment beaucoup.) »

Puis, en regardant la bibliothèque, il se mit à chercher des idées de romans à lire. Il avait envie de littérature mouvementée, grands espaces ou épopées, dont la lecture pouvait débuter et s'interrompre n'importe quand, et surtout durer longtemps. Il se décida pour *Les Invaincus*, *Tocaia Grande*, *La Lune et les Feux de joie*, qu'il posa sur la table. Il déplaça des livres dans les rangées pour combler les espaces vides et se dit que ce devait être l'heure d'aller chercher la minette.

17

À son arrivée au bureau, Emese trouva un Post-it de Juliette sur lequel était écrit: «Les Tchèques sont déjà là. Nous t'attendons en salle de réunion.»

Emese se plaisait à servir d'interprète à ces ingénieurs tchèques, car ils jouaient les ahuris heureux à Paris et parlaient ensemble une sorte de créole bohème mâtiné de russe, d'allemand et de polonais qui, selon qu'ils insistaient sur l'une ou l'autre langue, permettait de deviner leurs itinéraires et interprétations d'un siècle d'Histoire. Elle, par exemple, se faisait taquiner parce qu'elle rechignait à pratiquer le russe.

À la fin de la réunion de travail, pareils à des élèves à la sonnerie de la classe, ils abandonnèrent leurs attitudes studieuses, se mirent à blaguer et à parler de Prague, des guerres moyenâgeuses des brasseurs de bières noires, et ils échangèrent avec Emese des souvenirs de dancings au bord du Balaton, un lac au sud de Budapest où tous les enfants nés derrière le rideau de fer allaient en vacances. La perspective d'une journée de tourisme à Paris les ravissait. Aussi, furent-ils déçus quand, brusquement, Emese déclina leur invitation dans un restaurant étoilé de l'Alma et leur proposition de jouer au sherpa pour le shopping de leurs épouses.

Emese, un manuscrit sous le bras, marcha sans direction précise, choisissant des rues exposées à un sympathique soleil blafard. Au bout d'un moment, elle sortit son portable : « Allô, Dimitri, j'ai terminé votre texte... Je peux vous l'apporter quand vous voulez... Plus tard, maintenant si vous préférez. Okay, j'arrive. »

Dimitri l'attendait avec du café et du chocolat anglais.
« Et de votre côté, quoi de neuf ? Vous êtes toujours en période de retrouvailles, comme vous dites ? Votre ami atterrit, comme vous le pensiez l'autre jour ? Ou s'est-il ressaisi, déjà dans les starting-blocks... Je blague. Encore du café ? Cake ? »
Dimitri, écrivain, était le plus ancien client d'Emese. Il l'avait rencontrée à la sortie d'une soirée rock au Bataclan, lui avait proposé un verre, puis quelques bières plus tard un week-end d'expos à Florence. Depuis, il lui servait de chevalier servant aux concerts, rock, jazz, opéra, au choix d'Emese, et lui confiait ses

manuscrits. Son loft, lumineux grâce à des verrières verticales au dernier étage d'une ancienne usine en briques, au fond d'un passage pavé du canal Saint-Martin, respirait le luxe, volontairement de trop bon goût et par conséquent un peu kitsch. Son propriétaire s'amusait du *design* des meubles finlandais, des peintures anglaises et de l'omniprésence d'objets rapportés des brocantes de Chicago, comme il se moquait de lui-même, surtout quand il ne pouvait s'empêcher de faire des allusions à son attirance languissante pour Emese.

«Atterrit, je ne sais pas. C'est très bizarre, il donne l'impression de planer. De flotter plus exactement.

— Il a la tête ailleurs, il semble mélancolique? Il parle de là-bas?

— Non, pas avec moi en tout cas. Il ne plane pas comme ça. Mais comme s'il regardait le sol à deux fois avant d'y mettre les pieds. Ou comme quelqu'un qui s'attarde sur le pas de la porte avant d'entrer, ou plutôt qui entre et oublie d'enlever son manteau en s'asseyant, voilà, toujours prêt à se lever. Très très prudent, à sa façon, mais il n'empêche, il est bizarre.

— Vous pensez qu'il lui est arrivé quelque chose?

— Quelque chose? Pourquoi dites-vous ça?

— Secoué par quelque chose sur place, ça peut arriver. Vous évoquiez la prudence. Peut-être a-t-il vécu un truc qui... Vous pensez qu'il hésite? Dans tous les cas de figure, j'espère que vous...

— Prudent n'est pas le mot. La vérité, c'est qu'il ne

donne pas l'impression de vouloir être mis au pied du mur comme avant. Il surveille quelque chose. Il veut peut-être prendre le temps. Je n'en sais rien. En tout cas, il n'est pas revenu comme il est d'habitude. Bon, il faut que je file. Vous verrez, j'ai changé la typo et la mise en pages. Appelez-moi si elles ne vous conviennent pas», dit Emese qui ne souhaitait pas poursuivre cette conversation.

Emese marcha le long de l'eau verdâtre du canal, entra dans un bistrot à tapas au mur rouge sang pour manger vite fait une portion d'omelette au bar. Un jour, à Arles, un peu ivre, elle avait tenu à prévenir Frédéric, à mots très distinctement prononcés, qu'elle ne supporterait jamais de s'angoisser à la pensée que le père de son enfant puisse lui revenir dans un cercueil ou, pire, sur une chaise roulante. Il lui avait répondu gaiement «Holà! Tope là», et ils avaient trinqué.

Elle s'étonna soudain qu'il lui ait fait l'amour trop fébrilement la nuit dernière, mais son inquiétude se dissipa en vidant son verre de vin. Elle en commanda un second et regarda avec amusement autour d'elle. Son voisin, au bar, qui avait interrompu sa lecture du journal, lui sourit et leva son verre à hauteur du sien, réaction de bienveillance, car on voyait qu'il savait que la gaieté d'Emese ne lui était pas destinée.

Elle s'apprêtait à descendre à pied jusqu'à la Seine

pour marcher sans but, mais grimpa dans un bus 96 qui était arrêté devant elle et se laissa conduire jusqu'à la rue de Rennes. Elle décida d'acheter un cadeau à Frédéric au Bon Marché et se dirigea vers la papeterie, car Frédéric raffolait – ou faisait semblant de raffoler, soupçonnait-elle – de stylos, anciens comme modernes, qu'il perdait ou donnait en cours de voyage. Elle choisit le plus ventru, style années trente, que sa plume massive rendrait intransportable. Guillerette, elle continua à déambuler dans les étages, dépeuplés en début d'après-midi. Elle lui prit un maillot de bain vert à motifs jaunes, et se laissa tenter par un léger appareil photo numérique car, pensa-t-elle, il était temps qu'ils collectionnent des photos d'eux.

Dans la rue des Saints-Pères, elle téléphona au cabinet vétérinaire pour vérifier que Frédéric avait récupéré la chatte. Elle se sentit perdue tout d'un coup, hésita à appeler Frédéric et à lui proposer de la rejoindre devant un cinéma. Finalement, elle se dit qu'une promenade le long des quais de la Seine vers le port de la Bastille, un thé en lisant son bouquin, quelques coups de téléphone, la mèneraient jusqu'à l'heure du cours de danse.

«Un Noël à retardement?» demanda Dalila en montrant les paquets cadeaux qu'Emese avait déposés par terre.

Elles s'étaient attablées dans un bar à vins. Elles rirent en constatant qu'elles avaient étalé d'un même geste leurs cheveux encore humides sur leurs épaules ; Dalila, bouclés et drus ; Emese, lisses et flottants. Dalila, Égyptienne originaire de Gaza dont la vie se partageait entre Beyrouth et Paris, était la grande copine de danse d'Emese.

«À peu près ça. Noël ou anniversaire, on fait quand on peut. Pour le reste aussi.»

Dalila fit un clin d'œil et demanda :

«Fait soif, tu prends quoi, bière ?

— Un verre de médoc. Ici, ils doivent avoir des châteaux. S'ils pouvaient avoir un la lagune, ou un maucaillou, ce serait trop bon.

— Bonne idée. On a besoin de se renflouer le sang. Le prof est de plus en plus dingue.

— Remarque que le spectacle commence à prendre tournure. Tu vas voir qu'on finira dans un *Band Wagon* à la Minnelli.

— Surtout, ça fait toujours un bien pas possible de sortir vannée. Tchin-tchin.

— À tes amours. Tu as vu hier les images sur l'Algérie au journal ?

— Non, je ne regarde plus les informations à la télé.

— Tiens ? Ça ne t'intéresse plus ? Tu t'es détachée du monde ?

— Non, mais à vingt heures, soit je mange parce que j'ai une grande faim, soit je sors. Je plaisante ; mais je ne regarde presque plus. Parfois, le journal sur Arte ou sur la 3, parce qu'il est un peu avant. Toi, tu les regardes tous les soirs?

— Presque. Je ne peux pas m'empêcher, avec tout ce qui se passe chez nous. Je veux dire, au Proche-Orient, en Israël, en Algérie.

— Oui, peut-être, tout ce qui se passe, répondit, évasive, Emese.

— Si tu venais d'un pays comme ça, tu serais pareille. Non?» Dalila fit une mimique drôle. «Tu ne sembles pas convaincue.»

Emese éclata d'un rire bref, s'exclama:

«Je ne sais pas si je viens d'un pays comme ça, mais je pense que je suis partie de mon pays pour ne plus en entendre parler. Ce n'était pas la guerre mais tout comme, la même grisaille des gens, le sentiment de vie cassée, de défaite et par-dessus tout de temps gâché. En tout cas je ne veux pas entendre parler de tout ça en trois minutes à la téloche. Toi, tu retournes souvent à Gaza?

— Tous les ans, le temps de visiter la famille, de piquer des frayeurs et des crises de nerfs dans les rues, des crises de rage dans ma chambre. De me mettre à pleurer à tout bout de champ, et hop, *back in Beyrouth* jusqu'à la fois suivante.»

Elles burent une gorgée synchro. Emese reprit:

«Moi, bon, je ne peux me mettre à la place des autres. Mon pays en a terminé avec cette sale époque. Qu'est-ce qui se passe en Algérie?

—Oh rien, ça continue, c'est sans fin. Diffus, touffu. J'ai parfois l'impression que la guerre d'Indépendance a mis en marche un truc qu'on ne peut plus arrêter.

—Comme quoi?

—Je ne sais pas. Avant, pour nos parents, c'était une représentation de la lutte du bien contre le mal. C'était simple à vivre, plus qu'au Liban. Trop simple, et personne n'a prévu que le bien se ferait bouffer par le mal en gagnant contre le mal et poursuivrait sur sa lancée en une autre lutte du plus fort contre le plus faible. Non, tu en dis quoi?

—Je ne sais pas.

—L'Algérie, la menace sans fin, la Palestine, sans fin, l'Irak maintenant, le chaos sans fin, de pire en pire. Tu vois, quand une guerre dure indéfiniment, je crois qu'on ne peut s'empêcher de regarder les infos, simplement parce qu'on a l'impression que deux mondes s'éloignent l'un de l'autre, le leur et le nôtre, de plus en plus étrangers l'un à l'autre, et qu'un jour nous serons écartelés et nous ne pourrons plus faire le lien. C'est bête à dire, mais parfois j'ai l'impression que le jour où je ne regarderai plus les infos sur la guerre au Moyen-Orient, ce sera le jour où je ne croirai plus qu'elle puisse s'arrêter. Qu'elle sera devenue la vie même là-bas, et qu'elle produira encore plus de zombis, de fêlés et méchants en tout genre. J'aurais trop peur de basculer ce jour-là dans un abandon terrible.

Alors je m'obstine.» Elle éclata de rire. «Eux aussi s'obstinent. On en prend un autre?»

Dalila leva son bras orné de bracelets pour attirer l'attention du garçon. «Allez! Pour la route.»

Emese lança son manteau noir sur le bord du canapé.

«Tu es déjà de retour?

—Nous sommes bien là», entendit-elle à travers la porte.

Avant d'entrer dans la chambre, elle ouvrit le placard pour y glisser, en bas, au fond, les cadeaux. D'un coup d'œil, elle remarqua qu'il manquait des pulls sur la pile qu'elle avait repassée la veille, mais oublia de s'en étonner devant Frédéric.

«Comment va minette?»

Celle-ci la rassura en deux bonds vers elle pour se frotter à ses mollets. Frédéric était allongé sur le lit, un bouquin sur le ventre. Elle se pencha pour lui faire une bise sur les lèvres, il se leva pour s'asseoir à la table du salon.

«Tu veux une bière? Alors, la comédie musicale?

—Plutôt du vin. Ça continue, ensuite je suis allée boire un coup avec Dalila. Et toi?

—Pas de problème.

—Tu as mangé?

—T'inquiète, avec la minette.» Il lui tendit un verre

de vin. Son sourire ostensiblement tendre signifiait qu'il ne s'était pas impatienté de l'attendre, qu'il était heureux de la voir mais qu'il ne se montrerait guère bavard. Elle hésita à lui offrir ses cadeaux, à ouvrir une nouvelle bouteille, mais brusquement la fatigue de la danse l'engourdit et la décida à remettre cela au lendemain.

« J'y vais d'abord? demanda-t-elle en montrant du regard la salle de bains.

— Pas de problème », répondit Frédéric en remplissant son verre.

Réveillé depuis longtemps, Frédéric entendit le léger clic de la sonnerie du réveil qui n'avait pas été enclenchée. Il se leva lentement pour se rendre au salon dont il ferma la porte. Sans allumer la lumière, il ouvrit la penderie. De derrière les manteaux, il sortit des vêtements qu'il enfila. Puis, du même endroit, il sortit son sac de voyage déjà prêt. Il le ferma sans rien contrôler. Il alluma l'ordinateur, appela la messagerie, ouvrit un dictionnaire afin de vérifier l'orthographe d'un nom hongrois et écrivit ce message sur l'écran : « Emese jolie, à très bientôt à Székesfehérvár », et l'envoya à son adresse électronique.

Il entendit les coups de griffes de la chatte sur la porte de la chambre et lui ouvrit de peur que ses miaulements ne réveillent Emese. Elle dormait immobile dans la pénombre, en tout cas elle n'esquissa aucun mouvement suspect. Frédéric laça des chaussures de randonnée, s'emmitoufla dans sa parka et son écharpe, saisit le bagage et sortit de l'appartement avec mille précautions afin de ne pas faire craquer le parquet.

Emese se réveilla plus tôt que d'ordinaire. Une brume lourde dans sa tête lui indiqua qu'elle avait mal dormi, mais la gaieté de la minette qui lui sauta au cou la dissipa.

Elle glissa des concertos pour violoncelle de Bach dans le lecteur de CD, nettoya la caisse de la chatte, lui servit un bol de lait et se prépara du thé vert. Elle attendit, sirotant tasse après tasse toute la théière, l'heure d'ouverture de son bureau, pour téléphoner à la secrétaire qu'elle souffrait du ventre et serait absente.

Aussitôt fait, elle enfila une épaisse veste de laine et descendit vers la rue Mouffetard. Elle ralentit devant le kiosque, se surprit à lire la une de *L'Équipe*, et se rendit au bazar chinois. Elle se chargea les bras de sacs de voyage à cinq euros et se précipita à la caisse.

Elle posa les sacs sur la table du salon et ouvrit la porte du placard. Elle commença par les pulls, continua avec les jeans, puis les slips et les chaussettes, les écharpes, les carnets, des babioles porte-bonheur ramenées de ses reportages.

Les affaires de Frédéric n'avaient pas envahi ses étagères au fil des années, c'est le moins qu'elle pouvait se dire. Hormis des livres et des DVD, il l'avait toujours laissée acheter seule les objets et les meubles de l'appartement, et cette constatation lui causa un pincement. Quand tous les sacs furent pleins et alignés devant la porte, elle poursuivit en bourrant ses vêtements de sport, y glissant des albums de bandes dessinées jusqu'au point de rupture des fermetures.

Son regard s'arrêta au mur sur une aquarelle d'Enki Bilal. C'était un dessin original qu'il avait offert à Frédéric lors d'un séjour à Sarajevo. Il représentait un footballeur blessé au pied, la tête entre les mains, assis près de sa compagne sur un canapé, une bouteille de vodka au sol, tandis que leur fils le regardait jouer une finale sur un magnétoscope.

Emese alla ouvrir la porte des toilettes pour regarder une affiche. Elle figurait un petit joueur mulâtre, un sourire enfantin aux lèvres, irréel dans un stade, dont on remarquait les jambes arquées au niveau des genoux, vêtu des maillot jaune et short bleu brésiliens, un ballon à lamelles entre les pieds. Il s'apprêtait à dribbler un longiligne arrière athlétique dans le coin d'un terrain sous le regard de spectateurs médusés. En dessous était écrit en belles lettres : «Manoel Francisco dos Santos. Garrincha de Pau Grande.» Et dessous : «Deux Coupes du Monde, quarante et un matchs en Selecção, une seule défaite, la dernière.» Emese laissa l'affiche à sa place.

Dans le couloir, elle attrapa la clef de la cave, appela l'ascenseur qu'elle bloqua, le temps d'y porter une première fournée de sacs, et commença à les descendre.

Dans un coin de la cave, le faisceau de sa lampe de poche l'attira vers un paquet emmailloté. Elle s'agenouilla, le nettoya de la terre qui le recouvrait. Elle sursauta et le lâcha, puis se releva. Elle venait de reconnaître la Kalachnikov.

Frédéric l'avait ramenée en souvenir de Bosnie. Il en avait ciré la crosse et lustré le métal en son absence et l'avait accrochée au mur du couloir. Un cadeau offert par le fils de sa logeuse, dans la vieille ville, avait-il expliqué. Ce fut la seule fois que sa colère éclata contre lui. La seule fois, en tant d'années de vie commune, qu'elle se mit à crier, et même la seule fois où elle se surprit à crier après quelqu'un depuis son enfance. La première fois qu'elle perdit pied de cette façon. La seule fois qu'elle lui hurla : «Fous le camp, je ne veux plus te voir!», et qu'elle pleura à cause de lui. Jusqu'à ce que, renonçant à tenter de la calmer, n'osant l'étreindre, il se contente d'emporter la Kalachnikov hors de sa vue.

Lui revint à l'esprit l'impression terrible de Frédéric complètement désemparé un peu plus tard, toute sa gentillesse pour la calmer, sa voix troublée et douce de garçon abasourdi par une faute terrible qu'il n'avait pas conscience une seconde d'avoir commise. Le soir même et les jours suivants, ses regards interrogateurs, ses propos presque balbutiés, ses hésitations à la toucher dans le lit, son qui-vive qui dura des semaines.

Du pied, sans oser reprendre l'objet, elle poussa de la terre dessus jusqu'à le faire disparaître sous un monticule.

De retour dans l'appartement, elle fit griller du pain, prépara sur un plateau un délicieux petit déjeuner et s'installa au coin de son canapé, la minette sur les genoux, écoutant la musique sans écouter. Mais le bien-être et le soulagement qu'elle avait goûtés en s'activant se dissipèrent avant que la première tartine ne fût grignotée. Elle alla s'asseoir devant son ordinateur mais ne l'alluma pas, devinant que faire semblant de travailler ne l'aiderait pas; elle se saisit du téléphone pour appeler Magritt, mais, appréhendant que celle-ci ne l'entraînât malgré elle à s'épancher, ce qui lui serait pénible si tôt, elle y renonça. Elle composa le numéro de Dalila.

«Dalila? Bonjour, c'est Emese.

– Tiens, Emese, et comment ça va?

– Qu'est-ce que tu fais?

– Là, maintenant? Je fais le ménage et je ne vais pas tarder à filer à Orly attendre ma maman. Ce n'est pas qu'elle arrive du bled, mais chez nous une fille va attendre sa maman lorsqu'elle vient la visiter.

– Tu y vas comment?

—En taxi, elle sera chargée comme une mule, de sacs et de provisions. Des couvertures en poil de chèvre, de la menthe, tu vois le genre.

—Eh bien je t'emmène en Peugeot. De la sorte, ta maman ne sera pas dépaysée.»

Dalila éclata de rire.

«Ça va pas! Tu ne vas pas te déranger.

—Si si, ça va, question sacs, je suis déjà chaude.

—Pardon?

—Une bêtise, dis-moi où je te prends.

—T'as une voix bizarre. Mais c'est super-sympa. On peut déjeuner ensemble après. Couscous au lait dans le coin.

—Ça roule.»

Emese ne put s'empêcher de vérifier, d'un regard sur la petite table près du lit, l'absence d'une enveloppe ou d'une feuille de papier pliée. Elle enclencha le répondeur téléphonique, hésita, l'éteignit et attrapa sa veste de laine.

18

Emese traverse la terrasse blanche de l'hôtel, met sa main en visière pour contempler la plage. La matinée est déjà chaude malgré le vent qui souffle en provenance de l'océan. La marée commence sa remontée. Emese repart le long de la chaussée du Sillon, descend un escalier taillé dans le rocher jusqu'au sable.

Elle est vêtue d'une robe de bain bleu pervenche, porte un cabas sur l'épaule. Arrivée en bas des marches, elle prend ses sandales à la main. Elle aime beaucoup cette plage, si longue et vaste, balayée de bourrasques piquantes. Elle se dirige vers une rangée de troncs vermoulus plantés dans le sol. Sous ses pieds, elle sent une mince croûte sèche qui craque sur du sable humide, façon mille-feuille, pense-t-elle. Elle pose son sac contre un brise-lames blanchi par le sel, étale sa serviette, retire sa robe pour découvrir un bikini décoré de cerises, et s'assoit.

De minces nappes d'eau oubliées par la précédente

marée étincellent à perte de vue. Au bout, les murailles de Saint-Malo se détachent à travers une brume de chaleur. Dans le ciel, cependant, des blocs de nuages gris présagent les habituelles déconvenues humides de la Bretagne. Les mouettes profitent du peu d'affluence à cette heure pour se disputer le territoire de sable de leurs cris rauques. Emese sort des magazines de son sac et entame la lecture d'un roman hongrois de Magda Szabo, *Az Ajtó*.

Soudain, elle sent la fraîcheur d'une ombre sur son dos.

« Qu'est-ce que tu lis ? demande l'ombre.

– Une romancière de Budapest. Très célèbre dans les années cinquante. Puis disparue comme beaucoup d'autres pendant la guerre froide. On en reparle beaucoup actuellement.

– Il va faire chaud, tant mieux. L'hôtel a l'air incroyablement sympa. En plus, j'ai vu qu'on y sert le déjeuner sur la terrasse, avec une flopée de poissons. Comment l'as-tu connu ? Je t'ai amené de l'eau, tu en veux ?

– Merci », répond Emese en se retournant pour le regarder.

Thierry pose son havresac marin rayé blanc et bleu à côté du cabas. Il porte, nu-pieds, des mocassins en daim, un bermuda orange plissé, un polo de rugby vert irlandais et des lunettes de soleil courbes, style sprinters blacks, coincées au-dessus du front. Emese sourit et pense à l'hilarité probable de Frédéric devant cet accoutrement. Il reste debout à contempler la plage. Il est grand, cuisses fines, dos musclé, mains larges et soignées, déjà bronzées; il regarde l'heure, retire sa montre qu'il range dans une poche.

«Attention aux coups de soleil. La Bretagne, c'est dix fois plus traître que la Côte d'Azur. À cause du vent et des nuages, on ne sent pas que ça tape, et le soir, on se retrouve cramé. Je te passe de la crème? J'ai pris de la 8 pour commencer.

— Merci, ça va.

— Le fameux port des corsaires malouins, d'où ils partaient faire fortune à l'abordage...

— Tu aperçois les noirâtres murs au fond de la jetée? Ce sont les remparts de la vieille ville. Eh bien, de l'autre côté, il y a le port, juste au pied des murailles. Il doit rester quelques beaux bateaux d'époque, ou retapés. Toi qui aimes la voile. Il y a aussi une mignonne plage, en forme de crique ronde avec un plongeoir rouillé très rigolo. On pourra y aller, si tu veux.

— Pas de problème.»

Il s'assied sur sa serviette, retire ses mocassins et sort *Libération*. Une famille britannique vient s'arrêter près d'eux, leur dit bonjour cordialement, avant d'établir un campement fortifié à l'aide d'un fatras de fauteuils et d'ustensiles balnéaires. Thierry leur adresse quelques mots de bienvenue en anglais, soulagé d'avoir échappé à un pire voisinage.

«Tiens. La Columbia va proposer une version colorisée de tous ses films noir et blanc, dit-il. Dingue, non?»

Emese observe, de ses yeux plissés par le soleil, un cormoran au bec crochu qui se dandine timidement vers le garde-manger des Britanniques.

«En Tchétchénie, on a l'impression qu'ils ont pété les plombs. Depuis les prises d'otages, cela devient n'importe quoi. Les Russes en ont remis une couche hier. Et avec les Mig en plus. Trois heures de bombardements aériens sur des ruines, tu te rends compte! Ça nous ramène si loin en arrière. Voilà encore un machin qui est bien parti pour croupir. C'est dingue, non?»

Emese noue ses cheveux avec un ruban pervenche et se lève. Lorsqu'elle atteint le rivage, elle ferme les yeux pour ne pas être tentée de freiner sa marche dans l'eau fraîche. L'océan est gentiment houleux, vert très clair, nettoyé des algues de la veille par la marée de la nuit. Une vague la surprend et l'asperge complètement. Elle franchit en grimaçant le charivari des rouleaux, se jette, une brasse vigoureuse, et s'éloigne vers le large, se laissant bercer par le flux et reflux des vagues et le bien-être de la solitude.

Emese connaissait bien sûr de nom Székesfehérvár, l'une des plus anciennes villes de Hongrie et sa capitale médiévale. Mais, lorsqu'elle avait découvert l'e-mail de Frédéric dans sa messagerie, elle n'en avait pas compris le sens. «À très bientôt à Székesfehérvár»? Elle avait du reste reçu ce message une seconde fois, comme si Frédéric avait craint d'avoir mal envoyé le premier, en provenance du bureau d'une organisation humanitaire probablement implantée dans la région.

Par la suite, cette phrase n'avait cessé de lui revenir à l'esprit, et un jour où elle bavardait avec sa mère au téléphone, elle eut la curiosité de lui demander ce que cela évoquait pour elle. Sa mère partit d'un grand rire et répondit:

«Székesfehérvár? Nous y sommes passés en voiture quand nous allions en vacances au bord du lac Velance. Mais tu ne t'en souviens pas parce que tu étais trop petite. Des édifices baroques, des ruines romaines, des parcs. Tes grands-parents m'y emmenaient déjà en vacances. Une ville vraiment magnifique, en toute saison, mais surtout au printemps, grâce au parfum des fleurs.

—À part du tourisme, que peut-on aller y faire?

—Se marier, pardi! Dans la fameuse basilique gothique, ou ce qu'il en reste. C'est là que pendant des siècles ont eu lieu toutes les noces royales. La mode est passée avec la Grande Guerre, et revenue depuis. Aujourd'hui, c'est devenu très chic de venir s'y marier. D'autant que l'hôtel de ville, lui aussi, est superbe, bordé de ses statues allégoriques. C'est là que Beethoven a composé l'*Hymne à la joie*. Il paraît que depuis la chute du Mur on admire des cortèges de noces venus de toute l'Europe, c'est une étonnante attraction. Des célébrités, des nouveaux riches, des étrangers. Il y a même un Jardin des Ruines, et en plus le vin est très fameux. Pourquoi?

— Pour rien, Maman. »

Le tombeau de Chateaubriand, à l'écart du fort, semble relié aux remparts par un chapelet de rochers sur lesquels sautent des silhouettes de visiteurs; dans le lointain se devinent maintenant les contours de Dinard. Emese se laisse soulever par les rouleaux, se tourne vers la plage, qui se partage en deux bandes de couleur, crème au-dessus, vert bouteille au-dessous, séparées par un liseré d'algues déposées par la crête des marées hautes. Derrière s'élève la digue en granit noir, les bâtisses cossues et pataudes le long du Sillon. Des gamins courent sur la plage, deux chiens, genre terre-neuve, au museau carré, jappent de plaisir en batifolant dans les vaguelettes. Des vacanciers affluent et s'apprêtent à affronter l'eau, d'autres plus bretonnants se baladent en K-way.

Le grondement des vagues étouffe tout autre son en provenance de la plage. L'apparition de moutons d'écume s'étendant à l'horizon en prédit de plus énergiques. Emese plonge la tête dans l'eau pour les entendre encore plus tumultueuses, se laisse charrier et nage, se donne entièrement à son effort, le plus longtemps possible, et en émerge à bout de souffle, la vue troublée.

Plusieurs semaines après le départ de Frédéric, elle reçut un appel ; une voix étrange, alternativement lointaine et proche, distordue par le téléphone satellitaire.

« Bonjour, vous êtes Emese ? Je vous appelle de Groznyï, en fait pas loin de Groznyï. Je m'appelle Michel, un ami de Frédéric. Il m'a donné votre numéro.

– Ah, bonjour ! Il est toujours là-bas ? demanda sèchement Emese, aussitôt très agacée que Frédéric lui donne encore une fois des nouvelles de son retour par l'intermédiaire de quelqu'un.

– Bon, voilà. Je suis désolé de vous dire ça comme ça, surtout avec ce foutu téléphone. Vous m'entendez quand même ? Bon, Frédéric a disparu. Une sale embuscade, comme on dit. Je ne voulais pas que vous l'appreniez par le journal ou la télé.

– Une embuscade ?

– Oui, disparu pour de vrai. »

Emese ne répondit rien, elle regarda la minette, qui elle-même la regardait, comme si, elle aussi, attendait une information.

« Vous m'entendez ? Je suis désolé de vous parler avec ces fritures.

—Non, non, ce n'est rien, ce bruit. Disparu. Vous voulez dire quoi? Qu'on ne sait pas où il est? Vous voulez dire que c'est grave?»

L'effort physique qu'elle devait fournir pour se faire entendre, en forçant la voix contre les grésillements, l'empêchant de trembler et de faiblir comme elle aurait dû, au détriment de la tristesse qui, de ce fait, hésitait à la submerger, lui parut injuste.

«Voilà. Il était parti en voiture comme pour rejoindre Tbilissi. Pas la même route que d'habitude. Des Tchétchènes nous ont dit qu'il avait été pris dans des combats, en pleine montagne. Une mauvaise embuscade. De nuit. Nous sommes arrivés deux jours après...»

Une phrase sauta dans les grésillements...

«... Il y avait des carcasses carbonisées sur la route. La sienne, de voiture, était tombée dans un ravin, trop profond pour voir, des centaines de mètres, des rochers. À cause de la neige, impossible de descendre. Franchement, on ne peut plus y croire. Certainement tout s'est passé à toute allure pour eux.

—Vous voulez dire, il a chuté dans un ravin très profond et...

—Oui, je crois... Ça ne sert à rien de ne pas y croire.

—Ils étaient plusieurs?

—Je sais qu'il était parti d'Argoun avec un gamin Et aussi un Américain... Je peux vous dire autre chose?

– Je ne sais pas… En tout cas, je vous remercie beaucoup de m'avoir appelée. C'est un peu pénible de crier dans le téléphone.

– Je suis d'accord. Si vous voulez, je vous rappelle dès que j'arrive dans un endroit avec un téléphone normal, ou à Paris. Dans les deux ou trois jours. Je vous embrasse très fort. Frédéric parlait si bien de vous. Il disait des choses si… Tout le temps, encore plus ces…

– Moi aussi je vous embrasse. Merci beaucoup. »

Emese dévie sa trajectoire vers le bord et sort de l'eau car elle ne parvient plus à nager assez vigoureusement pour batailler contre le froid. Elle s'assied sur la plage, face à l'eau, à l'endroit où les ultimes vaguelettes clapotent, les fesses chatouillées par des bris de coquillages. Quelle idée stupide d'être revenue à Saint-Malo. Elle pense à la minette qu'elle a laissée en pension chez Magritt à Paris. Elle a besoin de son regard, de sa gentillesse. Elle éprouve une subite envie de la retrouver, de la ramener chez elle, tout de suite, le plus tôt possible, ce soir même…

Michel lui avait proposé de la rejoindre au Petit Suisse, un bistrot sympa près du Luxembourg, à un quart d'heure à pied de chez elle. Il arriva en moto, accompagné de Serge, son copain photographe, qui revenait aussi de là-bas. L'un des meilleurs amis de Frédéric, savait-elle, car il en parlait souvent. D'ailleurs, Serge et elle échangèrent des regards curieux, comme s'ils cherchaient l'un et l'autre à reconnaître ce que Frédéric avait dit d'eux.

Michel et Serge étaient montés dans la montagne jusqu'au col, mais n'avaient pu entreprendre une expédition dans le ravin beaucoup trop à pic.

Ils burent leur café d'un trait et en commandèrent un second. Ils paraissaient tous deux exténués, très pâles, fripés, paupières fébriles. Elle releva que la peau de leur visage était grasse, et leur front strié, comme souvent Frédéric au retour de reportages. Ils lui parlaient avec douceur.

Quelque temps avant l'embuscade, Frédéric était parti dans les forêts de bouleaux d'un maquis tchétchène. À son retour à Argoun, bizarrement, il avait dit qu'il n'écrirait rien à ce sujet pour le journal. Zarina et lui parlaient parfois en aparté. Un jour, il les informa qu'il s'en allait vers la Géorgie, emmenant Kourbou et un copain américain. Sur la route, comme souvent, il rattrapa d'autres véhicules avec lesquels il roula en convoi. Pour gagner du temps, ou parce qu'ils appréhendaient un danger, ils s'écartèrent de l'itinéraire habituel vers la frontière pour grimper par une route plus montagnarde. Ils furent attaqués de nuit, au milieu d'une tempête de neige qui enveloppait ces massifs. Personne ne sait encore par qui.

«Et pourquoi? demanda quand même Emese.

– Franchement, on l'ignore aussi. Chacun accuse l'autre… Peut-être que les Russes avaient Frédéric en ligne de mire, mais… Nous, on pense plutôt à un commando de barbus… Peut-être seulement pour dépouiller les voitures, prendre les dollars, des téléphones satellitaires. Ou par erreur, ceux qui ont tiré ne devaient pas y voir à cinq mètres…»

Emese ne put réprimer son agacement, plissant les yeux. Elle demanda:

«Qu'est-ce qu'il vous a dit avant de partir?

– Pas grand-chose. Il avait l'air fatigué, il l'était depuis son escapade dans les maquis. Mais il était de bonne humeur, il racontait des tas de blagues sur les blondes…

– Il nous a annoncé son départ, sans précision sur le voyage. Il a blagué au sujet du Sélect. Toutefois, il nous a raconté un peu son expédition dans le campement des *boïviki*, juste pour nous montrer qu'il ne nous dissimulait pas une super-histoire. Mais comme je te l'ai dit, sans vouloir nous expliquer pourquoi il y était parti. Je pense qu'il est allé rencontrer quelqu'un. Après, on a picolé comme d'hab, en racontant les conneries habituelles entre ceux qui restent et ceux qui partent.

—Il a tout de même souhaité bonne chance à Lioudmila, à Zarina et aux voisins, ce n'était pas dans ses habitudes de penser à ces trucs, rajouta Michel.

— Si tu veux, on pourra te rassembler des photos de lui. J'en ai de très chouettes, Michel aussi. Et plein d'autres copains. Je suis sûr qu'il y en a une collection dispersée un peu partout chez les photographes. Depuis le temps…

— Ça, je veux bien, mais pas trop. »

Trois jours plus tard, elle trouva dans sa boîte à lettres le CD d'un montage, rythmé et gai, de photos prises ces dernières années par plusieurs photographes, à Beyrouth, à Port-au-Prince, Freetown, Falloujah, un peu partout… Trois photos d'elle et lui la surprirent, prises à son insu dans le stade aztèque de Mexico, à Flushing Meadow, le menton barbouillé par une monumentale glace au chocolat, devant un cactus en fleur jaune dans le bush, lors des Jeux olympiques de Sydney.

Les quelques articles sur la disparition de Frédéric, qu'elle survola en diagonale, l'étonnèrent à la fois par des bêtises dévoilées sur sa vie privée et par la gentillesse à son égard. Elle n'en conserva aucun, mais savait que Magritt les collectionnait de son côté.

Elle s'abstint d'aller à une sorte de soirée d'adieux organisée au hublot de *Libération*. Le directeur l'invita à déjeuner dans un restaurant tunisien de la rue de Bretagne. Ils furent rejoints par deux copines de Frédéric au journal, et par le rédacteur en chef. Celui-ci lui demanda si elle croyait qu'il était resté trop longtemps là-bas, elle accusa le coup, et lui dit qu'elle ne savait que répondre. Il insista et parla d'un syndrome dont elle ignorait l'existence ; pensait-elle qu'il aurait dû lui interdire un jour d'y retourner ? Elle répondit qu'elle n'y avait jamais pensé une seconde.

Il demanda si elle avait craint une telle issue au cours de ces années de reportage ; elle se pinça les lèvres et, sans répondre, précisa qu'elle ne souhaitait pas entendre tous les mérites de Frédéric, non qu'elle en doutât, bien sûr, mais cela ne lui faisait aucun bien.

Puis ils lui posèrent des questions sur la Hongrie et parlèrent de l'Europe. Les deux filles tentaient d'apporter un peu de bonne humeur dans la conversation, en multipliant des allusions délicates. Ils échangèrent leurs numéros de téléphone portable et se promirent de s'appeler.

Elle reçut les parents de Frédéric chez elle. Ils venaient de province. Très timides, toujours prêts à s'en aller, ils passèrent avec elle un après-midi très heureux et acceptèrent de rester dîner à la bonne franquette. Ils repartirent si tard qu'elle prit plaisir à les reconduire à leur hôtel dans la Peugeot bleue. À l'évidence, ils n'osaient pas poser toutes les questions qu'ils auraient aimé poser sur Frédéric. Ils firent d'immenses efforts pour dissimuler leur tristesse, se montrèrent discrets et bienveillants. Emese regretta de ne pas les avoir rencontrés plus tôt.

Un jour, elle reçut cette lettre.
«Chère Emese

Je m'appelle Antoine et suis journaliste au *Monde*. Frédéric était un ami. Nous nous étions rencontrés au Liban il y a longtemps et, depuis, nous nous retrouvions régulièrement un peu partout, dans les pays où nous partions, et à Montparnasse.

Nous parlions beaucoup de la guerre, le plus souvent pour dire des bêtises et passer le temps, comme tu t'en doutes, mais pas toujours.

Il me parlait de toi. Voilà pourquoi je t'écris cette première et maladroite lettre.

Beaucoup de gens ont déjà souligné toutes les qualités de Frédéric. Aussi, je n'insisterai pas là-dessus, sinon pour relever qu'il était têtu.

Un des rarissimes jours où nous avons évoqué sérieusement notre boulot ensemble, il a cité Serge Daney, un de ses meilleurs amis de la grande époque de *Libé*, que tu connaissais puisqu'il m'a raconté que vous étiez allés ensemble voir du tennis à Roland-Garros. Daney lui avait expliqué quelque chose comme ceci, que Frédéric m'a répété par la suite, comme s'il était content d'avoir hérité d'une théorie adéquate. Je te l'écris entre guillemets, avec les réserves que m'impose une mémoire malmenée dans les bars :

"Les nouvelles idées ne procèdent plus des grands penseurs mais des grands événements. Il est fini le temps des philosophes réfléchissant et débattant de leurs concepts et expériences dans leur sphère : Socrate, Spinoza, Kant et tous les autres avant notre ère. L'événement est le moteur de l'Histoire et donc de la pensée. Ou plutôt, l'événement, l'Histoire et la pensée imprègnent de façon indissociable le monde contemporain. L'événement est fait par ceux qui le vivent. L'Histoire est faite par ceux qui la racontent, de plus en plus en direct, entre autres les journalistes. La pensée, elle aussi de plus en plus en prise directe, est l'affaire des intellectuels."

Pourquoi est-ce que je me permets de reproduire aujourd'hui ces propos ? Sans doute parce que c'est la première et dernière fois qu'il a évoqué son boulot sur ce ton ; et qu'il a ajouté ceci, de son propre cru cette fois, que je te rapporte grosso modo :

"De tous les événements qui surgissent dans notre vie, les guerres sont les plus importants, même si la plupart semblent s'être éloignées de notre univers quotidien et qu'elles semblent avoir été rejetées sur une scène de spectacle. Je ne connais pas la raison de leur importance, je suppose qu'elles soulignent une rupture entre ce qui nous attend aujourd'hui et demain. Sans doute aussi qu'elles illustrent la puissance de la violence humaine contre l'humain, ou ses effets pervers sur les idées du moment. Peut-être que leur dynamique imprévisible et incompréhensible nous dépasse. Je ne suis pas assez intelligent pour comprendre comment chaque guerre et surtout le chaos qui s'ensuit vont bousculer notre manière d'être et de penser. D'ailleurs, je m'en fous. Moi, je rencontre les gens qui font l'événement là-bas, ou plutôt une multitude d'événements ; je les lie entre eux un peu par hasard en les racontant. C'est ma manière de vivre et d'écrire, la seule chose que je sache faire avec plaisir. Ce que j'écris, à d'autres de s'en dépatouiller."

Je ne pense pas que Frédéric ait jamais écrit de reportage sur un conflit pour en accélérer la fin, pas plus en Tchétchénie qu'ailleurs. Même s'il pouvait être, certains jours, comme nous tous, affecté, furieux ou déprimé. Malgré son entêtement de bourrichon, il n'avait pas l'âme d'un idéaliste, d'un dénonciateur ou d'un témoin. Il n'ambitionnait pas de porter ces casquettes. À chacun son job, il était pour la séparation des tâches. Il détestait le mot témoignage. Il fuyait la promiscuité des militants, intellectuels, humanitaires et politiques, qu'il pouvait estimer ou mépriser, mais dont en tout cas il redoutait les certitudes morales.

Garder ses distances, être à l'affût, prêt à rompre, comme beaucoup de correspondants, surtout les photographes, être là-bas. Il y avait trouvé la meilleure façon de vivre, le nez dedans, puisqu'il ne pouvait vivre dehors.

Il avait donc décidé d'y être. De se laisser emporter. Être de ceux qui la racontent. S'en contenter. Près de lui, tu l'as vécu. Il disait en boutade : "Nous sommes les champions du monde de l'entre-deux." Une autre fois, il avait dit – je te cite encore de mémoire : "Beaucoup de gens pensent que nous sommes accros à la guerre. C'est faux. Nous le sommes à cet état second de l'entre-deux. *Addicts* du dedans/dehors, jamais chez nous dès l'instant où nous coiffons la casquette du reporter de guerre. Accros à une sorte de terrain vague."

Ce numéro de funambule lui convenait bien, ce vagabondage lui plaisait, comme à beaucoup d'entre nous, que tu ne dois pas porter dans ton cœur. Mais c'était plus qu'intenable à la longue, et ses résolutions des derniers temps étaient sincères. Il savait qu'on ne revient jamais intact de là-bas, qu'il ne pourrait bluffer avec le temps et avec lui-même *ad vitam aeternam*, et avec toi surtout, et qu'il devrait choisir. Il avait choisi. Voilà la seule phrase importante de cette ennuyeuse lettre.

Un jour où nous étions bien bourrés, il m'a dit : "Les champions raccrochent les crampons parce qu'ils ont l'âge de leurs tendons ; nous, nous devons raccrocher nos carnets parce que nous avons l'âge de nos amours." Sous ces mots éthyliques, un brin vulgaires, il faut croire à son inquiétude.

Je mentirais si je te disais quels étaient ses projets prochains. Du reste, il était un peu du genre qui tend à remettre au lendemain ce qu'il... tu connais la suite. Sans envisager combien cette manie peut rendre autrui malheureux, toi certainement. Toutefois, même s'il n'a pu s'empêcher d'y retourner et si cette attitude peut paraître insupportable, il était heureux, et non pas soulagé, d'avoir choisi.

Nous parlons souvent de lui et d'autres souvenirs entre amis. Oh, rien qui ressemble à des conversations d'anciens combattants, pas encore. Dans des bars, comme tu t'en doutes, au Sélect, boulevard Montparnasse, par exemple. Si un soir tu souhaites te joindre à nous, tu seras plus que bienvenue. Tu peux m'appeler quand tu veux : maintenant, dans vingt ans. Je t'embrasse comme ma sœur. Antoine.»

Emese n'eut pas la curiosité de lire les e-mails que le journal basculait dans sa messagerie, ni ceux qui s'entassaient dans celle de Frédéric. Toutefois, elle fut intriguée par le titre de l'un d'eux : «Patkiça» – mot serbo-croate qu'elle devinait –, qui débutait ainsi :

«Les canards sont de retour, toujours aussi élégants, beige et gris, de plus en plus assidus sur la Vuka, mais plus encore sur le Danube. Ils se laissent flotter indolents dans le sens du courant; dans l'autre sens, leurs pattes pagaient à un rythme fou. Viens faire un tour, toi qui les trouves si sympathiques. Hier, une madame cane promenait une demi-douzaine de canetons avançant sagement en file derrière elle, en plein milieu du fleuve, s'efforçant de ne pas s'écarter de leur ligne, malgré les vagues provoquées par les hélices des barges.

Mon copain me parle de plus en plus d'un bébé. Moi, je lui réponds que je me sens un peu dépassée, tu t'en rends compte! Ou, plutôt, que je ne suis pas certaine d'en avoir l'énergie ou l'insouciance, un truc comme ça. Quand je pense à toutes les femmes qui se faisaient mettre enceintes en plein bombardement, comme si de rien n'était et qui s'apeuraient de tout sauf de ça. Mais Ivo ne m'écoute même pas et continue d'en parler comme si le bébé n'allait pas tarder à frapper à la porte. Il se demande s'il préfère une fille ou un garçon. L'autre soir, après le repas, il se demandait qui d'un garçon ou d'une fille se sortait le mieux d'une guerre. Il hésite entre un prénom de chez nous ou étranger, imagine déjà l'aménagement de sa chambre, se demande s'il faudra l'orienter foot ou basket.

Et toi, de ce côté-là? Découragé? Prudent? Désinvolte? Fataliste? Comment va ta compagne secrète, dont tu m'as seulement dit un jour que, gamine, elle se baignait comme nous dans le Danube, plus en amont, là où il est paraît-il marécageux? La ligne de flottaison, les traces écaillées sur la coque, cette jolie expression, ne serait-ce pas d'elle?

Pourquoi ne pas l'inviter? Batifoler dans l'eau de son enfance lui ferait plaisir, l'odeur et la couleur l'amuseraient, et l'île en face l'intriguerait. Je suis certaine qu'elle sait ramer dans le courant et qu'elle se plairait à naviguer ici. Vous iriez en pique-nique, nous pourrions y aller en équipage. Nous avons acheté une barque de pêcheur d'anguilles, goudronnée noire, comme tu les connais. Du reste, les anguilles prolifèrent de manière incroyable depuis le siège.

L'autre jour, nous avons remonté le fleuve jusqu'à Dalj, pour assister dans l'après-midi à une foire agricole et le soir à un concert de rock. Du rock pesant bien de chez nous, guitaristes cheveux longs ou rasés, batteur déchaîné, cuir et ferraille, mais sympa. Quand Ivo aura acheté un bon moteur, nous irons jusqu'à Osijek ou Novi Sad, pourquoi pas. On ne dira rien de tout ça à ta copine si ça l'embête. Si elle aime le vin, dis-lui, par exemple, que cette année les cuvées de Tramijac sont de nouveau excellentes (et sans sucre ajouté), *dixit* Ivo.

Les premiers bateaux de croisière sont eux aussi de retour. Un seul, pour être exacte, bulgare, d'un bleu splendide. Il s'est ancré le temps d'un dîner, concert classique et musette tzigane sur le pont. Les passagers nous regardaient mais ils n'ont pas osé accoster et débarquer pour faire la fête toute la nuit, comme jadis. Peur de quoi ? Des fantômes, de l'indécence, de la tristesse des gens ? Dommage, nous aurions aimé, et les patrons des guinguettes ne les auraient même pas fait payer.

Tu te souviens de la grange, près de Negoslavci ? Là où on attendait notre passeur pendant le siège, pour traverser de nuit les champs de maïs et entrer à Vukovar ? Avec des contrebandiers, des combattants, des fugitifs, peut-être des espions, parfois des journalistes comme toi et une traductrice comme moi. La grange a été rasée. Pourquoi ? Impossible d'en montrer une trace à mon copain dans les maïs qui ont poussé encore plus haut. C'était dingue de passer par là, quand on y pense.

Tu te rappelles de Mariana, l'adolescente qui venait d'être libérée après un échange de prisonniers sur le pont de Samac Slavanski ? Tu l'avais interviewée. Un mois après Vukovar, en plein hiver, pendant le siège d'Osijek. Je l'ai croisée place de la République, en plein marché. Elle m'a reconnue au premier regard. Moi non, bien sûr, à cause de sa nouvelle allure de bonne femme. Tu ne me croiras pas. Elle est devenue grassouillette, gironde, son visage surtout s'est empâté. Rien à voir avec ces traits si maigres et creusés d'autrefois, cette minceur si fragile. Mais elle a gardé les mêmes yeux, le même regard terrible, cette inquiétude de bête pourchassée, et autour ces cernes noirs comme peints à l'encre, qui n'étaient donc pas seulement des marques d'épuisement. Elle s'est montrée très heureuse de me revoir. Elle m'a embrassée plusieurs fois et s'est dite ravie que je l'emmène au café. Elle ne cessait de parler. Elle a accepté un mari, comme elle dit. Il répare des tracteurs.

À part ça, pendant deux heures, elle n'a parlé que de la guerre et de son emprisonnement. Elle a répété mot pour mot le récit de sa captivité à Novi Sad. Son séjour dans ce grenier obscur, avec tous ces militaires qui venaient se servir d'elle. Elle a le même débit de voix qu'autrefois, très irrégulier, très doux, ça je ne pourrai jamais l'oublier. Je me suis retrouvée d'un coup projetée dans le passé, assise sur le talus de la route, entre vous deux, près de l'autobus qui devait la ramener après l'échange, quand elle nous l'avait raconté. C'était très très troublant. En l'écoutant, je me demandais si le fait de me reconnaître au marché avait sorti de sa mémoire son récit intact, comme une ancienne lettre tirée par inadvertance d'un tiroir, qu'on relit à haute voix, ou si au contraire elle n'avait pas cessé de le rabâcher ainsi depuis.

Le ciel est bleu, je ne sais si je dois me réjouir des premiers embouteillages tonitruants dans la rue aux arcades. C'est fou le nombre de vieilles Golf que l'on croyait détruites ou volées et qui ont réapparu comme par enchantement. Cachées personne ne sait sous combien d'épaisseurs de toiles ou de paille, et cajolées aujourd'hui comme peu de voitures le sont. Et plus encore la multitude de Mercedes de luxe et bagnoles de sport dernier cri, achetées, comme tu le prédisais, avec on sait trop bien quel argent.

Et Paris? La tour Eiffel si joliment illuminée? Ivo en est un fan absolu. Il s'est connecté sur un site Internet où il peut l'admirer sous une variété de lumières à n'importe quel moment du jour ou de la nuit. À travers les arbres grenat d'automne, sous un ciel azur, dans les reflets d'un clair de lune nuageux, à l'aube l'été. Il le visite souvent le soir avant de se coucher, m'y invite parfois si je suis sage. Il rêve d'y monter et s'y prépare. Il veut même y dîner parce qu'il a lu un paragraphe sur un restaurant très fameux qui se trouve en haut: le Jules-Verne, rien que ça! Il économise déjà pour le voyage et pour boire des verres de grands crus classés à Saint-Germain-des-Prés. On t'attend cet été, je t'embrasse. Jasna.»

Emese eut envie de poser de multiples questions par e-mail à cette Jasna, mais elle n'osa pas, non plus supprimer le message, qui depuis, donc, reposait dans l'ordinateur.

Elle regarde dans l'eau claire les ongles de ses pieds, peints en rouge cerise. Deux crabes miniatures se disputent un brin d'algue entre ses jambes. Les vaguelettes de la marée ont gagné du terrain et trempent à présent ses fesses.

Lorsqu'elle connut ses premières crises de panique, elle les attribua aux sensations de chute et de vide vertigineux qui surgissaient désormais dans ses rêves. Ou aux images de rochers noirs recouverts d'arbustes en bas d'un ravin dans le flou, lui laissant l'impression terrible d'un abandon. Mais par la suite, grâce à Magritt et à Dalila, au cours de soirées à bavarder, elle admit qu'invoquer le vertige de la chute était simpliste. Elle comprit qu'elle était perturbée par le souvenir de Frédéric, tout naturellement parce qu'elle appréhendait qu'il s'évanouisse de sa mémoire, comme il s'était évanoui dans le ravin. Elle était angoissée à l'idée de ne plus l'aimer au fil des jours, parce qu'elle avait eu une mauvaise réaction avant sa disparition ; elle était terrifiée qu'il puisse un jour ne plus lui manquer, notamment à cause de cela.

À l'improviste, sans lui donner le temps d'hésiter, Jorge l'invita à passer quelques jours à Madrid en compagnie de son amie Carmen. Ils assistèrent à un derby Real-Barça au stade Bernabéu, puis allèrent fêter la victoire de Madrid en buvant du *vino rosado* dans les bars à tapas, sur la hauteur de la Plaza de Santa Ana qu'ils aimaient tant. Jorge évoqua un souvenir de Frédéric à Saïda, lors d'une invasion israélienne : leurs conversations sur leurs soucis amoureux, assis à l'abri des stèles romaines du château Qalaat el-Bahr en plein vacarme strident des raids aériens.

«Soucis amoureux? demanda Emesse

—Tout est parti de cette constatation que l'un et l'autre nous n'étions jamais aussi amoureux de nos fiancées que sur le chemin de retour. Il imaginait une vie de retour perpétuel. Il racontait si drôlement... Avec ces avions qui piquaient tout autour...»

Emese alla retrouver, seule, chaque après-midi, les canards vert et beige sur l'eau de l'étang du parc du Retiro. Dès son retour à Paris, les crises de panique s'estompèrent, pour céder la place à la tristesse, au soulagement et à la détresse.

Deux cavaliers longent la plage dans un sens et dans l'autre en un ample galop. Un épagneul, enthousiaste à l'idée d'être admis par ces compagnons de jeu, suit les terre-neuve dans les vagues. Un colporteur africain aménage un carré d'ombre à l'aide d'une étoffe pour lui et ses statuettes. Un ado entraîne une bande de gamins dans la construction d'une fortification de sable pour lutter contre l'avancée de la marée. Une grand-mère, coiffée d'un bonnet à pois, accroupie dans l'eau, tente de rappeler à elle son petit-fils qui fait semblant de ne pas l'entendre, trop occupé à regarder l'évolution de la fortification.

Un été, il y a de nombreuses années – l'été de l'invasion du Koweït, elle s'en souvient parce qu'il avait failli interrompre leurs vacances en ouvrant un journal dans un *coffee shop* –, ils étaient partis de Laramie à bord d'une Chevrolet jaune de location, vers les grandes plaines. Ils roulèrent jusqu'au nord du *range*, les fenêtres ouvertes afin de profiter de la canicule. Frédéric conduisait le plus souvent, Emese était en charge des cartes, itinéraires et stations de radio country.

Dans la Prairie, ils trouvèrent un motel, à deux pas du lieu de naissance de Chef Joseph, «une sorte de Moïse peau-rouge», disait Frédéric de son chef préféré, de la tribu des Nez-Percés. Puis ils voyagèrent jusqu'à la Little Big Horn River, qu'ils découvrirent, toute fluette entre les bosquets de hêtres rouges et les savanes jaunes. Sur les pas d'une foule de touristes ils grimpèrent jusqu'au sommet de la butte, puis ils crapahutèrent jusqu'aux versants de la fameuse bataille.

Frédéric, qui avait lu trois ou quatre bouquins sur le sujet, la guida d'un ravinement à l'autre, la tirant par la main pour l'aider à contourner les buissons, se repérant de mémoire. Il lui décrivit l'immense ralliement indien des Cheyennes, des Sioux, des Lakotas, le plus vaste village de tipis de l'Histoire indienne; l'offensive arrogante du général George Custer, rendu euphorique par ses dernières campagnes de massacres; il lui expliqua le génie du piège imaginé par Crazy Horse et Sitting Bull pour anéantir la troupe yankee.

Quand ils s'arrêtaient sur un rocher pour souffler et observer des escarpements, des Américains s'approchaient en silence pour écouter Frédéric qui, du coup, s'amusait à raconter les péripéties en anglais, et ils l'applaudissaient et le remerciaient en lui offrant des bières, toutes fraîches sorties de leurs glacières.

Ensuite, Emese prit le volant à travers les vallons du Wyoming, sur la route du Goose Bar Ranch de *Mon amie Flicka*, qu'elle avait traduit pour une maison d'édition hongroise. De motel en motel, où ils s'arrêtaient immédiatement après avoir contemplé le crépuscule sur la route. De bar de motel en bar de motel, à boire des canettes en écoutant des groupes rock ou country, ils achevèrent leur voyage entre des séquoias géants, à Pine Ridge, la région de Red Cloud, à la demande d'Emese qui, malgré les mises en garde de Frédéric sur le personnage, avait un faible pour la splendeur de son visage.

Leurs dernières vacances? L'été précédent. Ils s'étaient retrouvés au dernier moment. À Sulina, l'embouchure au cœur du delta du Danube, écrasée de chaleur, qu'ils atteignirent en roulant dans la voiture bleue sans vraiment décider la destination. Une plage sauvage qui les avait ébahis à l'abri d'une crête de lauriers des sables, des familles ouvrières des conglomérats en vacances, une mer plate et terne, une lagune envahie de pélicans, une cabane de location en rondins et bambou. Expédition en barque le matin, en chuchotant, afin de ne pas fâcher les pêcheurs, caviar salé et vin blanc à midi, sieste sur la plage l'après-midi. Parfois, le soir, lorsqu'ils avaient bien picolé, auprès d'un feu allumé pour décourager les moustiques, Frédéric attirait son attention sur des hurlements plus ou moins lointains selon les nuits, qu'il prétendait être ceux de loups.

Ils se baignaient dans la mer tiède, exploraient des paysages d'usines à l'abandon, au milieu de dunes. Ils passaient des journées torrides à l'ombre des bosquets de roseaux, à observer les cormorans, à se faufiler dans les mangroves, à fouiner sur les îles flottantes du fleuve. Frédéric s'évertuait, avec une obstination aussi vaine qu'étonnante, à vouloir débusquer des loutres entre les nénuphars. Ils se chamaillaient si gaiement, ils finissaient tous les jours si épuisés !

Les nuages gris, teintés d'un rose sale, se sont affalés dans le ciel. Importunées par les vacanciers qui arrivent sur la plage, les mouettes amerrissent à tour de rôle, leurs deux pattes tendues vers l'avant, et se laissent ballotter par les vagues, un peu à la façon des canards sur le Danube, dans le sillage des péniches. Face à l'étendue de la mer, les yeux d'Emese s'embuent, se mouillent, elle se sent seule.

RÉALISATION : PAO ÉDITIONS DU SEUIL
IMPRESSION : S. N. FIRMIN-DIDOT AU MESNIL-SUR-L'ESTRÉE
DÉPÔT LÉGAL : AOÛT 2005. N° 82756-1 (75127)
Imprimé en France